ジークハルト・シュタイン
年齢 21歳 身長 175cm
シュタイン伯爵家長男(双子兄)。
王宮魔術師団に勤める、若き天才。
一人称は“僕”。
リーンハルト・シュタイン
年齢 21歳 身長 175cm
シュタイン伯爵家次男(双子弟)。
王宮騎士団に勤める、若き隊長。
一人称は“俺”。
アルベルト・シュタイン
年齢 40代半ば 身長 175cm
シュタイン伯爵。温和で家族思い。
愛妻を亡くしてからは男手ひとつで
兄妹を育てている。
ジゼル・シュタイン
年齢 18歳 身長 160cm
シュタイン伯爵家長女。
前世はパティシエとして働く25歳。
口下手で人見知りなので、
“塩系令嬢”と揶揄されている。
塩系令嬢は
糖度高めな
青獅子に
溺愛される

ユリウス・バルヒェット
年齢 23歳 身長 178cm
バルヒェット公爵家三男。
王宮騎士団の副団長。
"青獅子"と評されている。甘いもの好き。
ゼン
年齢 精霊なので長生き
身長 人型(男)180cmくらい
精霊。ユリウスの使い魔。
男型にも女型にもなれる。主人や
気に入った相手以外には無関心。
エリザ・フランツェン
年齢 21歳 身長 160cm
ユリウス付きの騎士(秘書)。
さっぱりとした性格で、
面倒見の良いしっかり者のお姉さん。

塩系令嬢は
糖度高めな
青獅子に
溺愛される
沙夜
presented by Sayo
illust えく
Illustration by Eku

✦contents✦

プロローグ

今夜の夜会は、特別なものだ。

一五歳になり、社交界への参加を認められた貴族令嬢たちのお披露目の場、デビュタント。

私も今日、デビュタントする令嬢の正装である純白のドレスに身を包み、こうしてエスコート役のお父様と共に王城へと来ていた。

――いや、正確に言えば、少し過保護なお兄様たちも共に。

「緊張しているのかい？」

「いえ、全く」

お父様は小さくため息をついた私が緊張していると思ったようだが、そうではないと即答する。強がりではない、だって私は別になんの期待もしていないのだから。

「参加するのは今日だけ。もう茶会や夜会に出ることもありませんから。ただ国王陛下に挨拶して、帰る。今日の私の任務はそれだけです」

「任務って……。一曲くらい踊ってもいいんだよ？　ああほら、豪華な料理だってあるし、挨拶が済んだらなにか頂こうか？」

表情を変えずに淡々と答える私に、お父様は少しくらい楽しんではどうだと色々と提案してくる。

確かにきらびやかに並べられた料理は一見すると美味《おい》しそうだが、大して期待もできないし、こんな落ち着かない場所で食べるのも気が引ける。

それに、我が家の料理人たちの作るものの方が美味しいに決まっている。

そうだ、帰ったら余りものでも頂こう。まかないでも構わないし、なんなら彼らに残業を強いるのも申し訳ないから、自分で作ったっていい。

王城務めのお父様やお兄様たちはすぐに帰るわけにはいかないだろうから、自分ひとりで先にお暇《いとま》しよう。

男三人はここでお腹《なか》いっぱい食べて帰ったらよい。

ああけれど、顔のよいお兄様たちや四十路《よそじ》になってもなお若々しいお父様は、ダンスを誘われたいと女性たちが殺到してそんな暇などないかもしれない。

とすると、私が先に帰って夜食でも用意しておいた方がいいのだろうか。

ううむと悩んでいると、陛下へ挨拶するためにと並んでいた列が前に進んだ。

この好奇の目にさらされるのもあと少しだ。

入場してからというもの、周りからの視線が煩わしくて仕方がない。恐らく、今までちっとも姿を現したことのなかった私が珍しくて、ジロジロ見ているのだろう。

それもあと僅かの我慢だと思いながら、ようやく回ってきた挨拶もそつなくこなす。

少しばかり国王夫妻が驚いたような表情を見せたが、それも一瞬のことで、すぐにお父様が私の手を引いてくれて、御前から下がることができた。

よし、今日の任務完了。さて適当な理由をつけて帰るとしよう。

伏せていた目線を上げれば、ふたり一緒にいたお兄様たちと目が合う。

そういえば俺たちとだけダンスを踊ってから帰れよって言われていたのだった。

しまった、しかしこのふたりに見つかってしまったのならば、諦めるしかない。仕方あるまい、一曲ずつ踊ったら人に酔ったとでも言って帰ろう。

ふうっとため息をついて父にエスコートされながらお兄様たちの元へと足を進める。

着慣れないドレスと履き慣れない高さのヒールに四苦八苦しながら歩いていると、不意にすっと黒い人影に視界を遮られた。

「失礼、美しい人。どうかダンスのお相手を」

少し癖のある柔らかそうな髪と色気のある目元、そして軟派そうな言葉。……苦手なタイプだ。

そう思いながら目の前の整った容姿をした男性を見つめ眉を顰《ひそ》めた。

断られるわけがないと思ったのだろう、その男性が私の前に手を差し出した。すると、きゃあああっ！　と周りから黄色い悲鳴が響く。

どうやら彼は令嬢方に人気のある御仁らしい。

それにしても、なぜ私？　理由がわからなくて首を傾《かし》げる。

隣のお父様の手に、ぐっと力がこもったのがわかった。娘馬鹿なお父様のことだ、自分やお兄様たち以外の男と踊らせたくないとでも思っているのだろう。

ああ、そうか。

きっと彼はお父様と仕事上の関わりを持ちたいのだろう。

それで男性に免疫のないデビュタントしたての私に目をつけたと。

なるほど、それならば納得がいく。

しかし、自分の容姿を武器に仕事相手の娘に取り入ろうとするやり方は、あまり好ましくない。

「申し訳ないのですが、お断りさせていただきます」

「……へ？」

お断りの言葉と共にぺこりと頭を下げると、頭上から気の抜けた声がした。

ゆっくりと頭を上げると、男性はまさかそんなことを言われるとは思っていなかった、信じられない、という顔をしてあんぐりと口を開けていた。

まあ、整ったお顔が台無しですよ？

「――私、好みではありませんの」

一歩踏み出し、そんな様子で啞然《あぜん》とする男性をさらりと躱《かわ》す。

よかった、変な難癖をつけられなくて済んだ。そう私はほっとしながら、お兄様たちの方へと足を進めたのだった。

第一章　塩系令嬢と呼ばれた私

甘いチョコレートに焦がしバターの香り。

さらさらとボウルの中に流れる小麦粉や砂糖の音も、生地が焼けていくジリジリという音も。

いつだって、それらは私の心をときめかせる。

学生時代の私は、それはもうつまらない奴《やつ》だったことだろう。いや、大人になった今だって、とりわけ魅力的な人物なわけではないのだけれど。

口下手《くちべた》なおかげで小さい頃から友達も少なかった。勉強ができなかったわけではないが、だからといって特別成績がよかったわけでもない。

運動だって人並みで、突出した特技があるわけでもない。

そんな無趣味な私が心を躍らせたのは、小学生だったある日の調理実習でのことだった。

『わぁ……。すっごく、美味しそう！』

『ほんとだ！　クラスの中でいっちばん上手じゃない⁉』

同級生たちに褒められた、私が作ったカップケーキ。お菓子を作るのが初めてでドキドキしたけれど、とても楽しかった。

卵と小麦粉を混ぜるのも、クリームを泡立ててデコレーションするのも。今まで経験したことの中で、一番。

そうして私は、お菓子作りの虜《とりこ》になったのだ。


あれから一三年。私はひとり暮らしをしながら都会のパティスリーで働いている。

「お、さすがだな。クリームを絞らせたらこの店でおまえの右に出るヤツはいないだろうな」

いつものように、ひとり集中してデコレーションケーキを作り終えたところで、同僚のひとりが私の手元を覗《のぞ》いてきた。クリームで緻密にバランスよくフリルを描いたケーキは、まるでフルーツで彩られたドレスのようだ。

「……ありがとうございます」

急に覗き込まれて褒められて。そんな状況で、咄嗟《とっさ》にお礼の言葉こそ出てきたものの、その声は固い。それは自分でもわかっている。

「相変わらずクールだな！　褒めてるんだからもうちょっと嬉《うれ》しそうにしろよ」

ははは っ！　と笑って同僚は接客へと戻っていく。

表情筋が死んでいる、なんて、面倒見のよい同僚の先輩たちは私のことを揶揄《やゆ》するけれど。

作るお菓子は、甘くて優しい味がするっていつも笑ってくれる。

「ああ、新作のケーキ、できたのかい？　うん、とても綺麗《きれい》だ。きっとお客様に喜んでもらえるよ」

ふわりと微笑《ほほえ》む店長からもそう褒められたけれど、なんて返していいのかわからなくて、私は結局ふいっとそっぽを向いてしまった。ああ、本当に自分のこういうところが悩ましい。けれど、こんな私を受け入れてくれるこの店が、私は大好きだった。優しい店長、気さくな同僚たち。

それに、目をキラキラさせてケーキを選ぶ子どもたちや、大切そうにお菓子の箱を抱えてお店を出るお客様を見ると、心が温かくなった。

ああ、ここはなんて優しい空間なんだろうって、毎日感じていた。こんな時間がいつまでも続けばいいのにって思っていたけれど。

その終わりは、突然やってきた。


「おつかれさまでした」

「おう、気をつけてな！」

「また明日もよろしくね」

ある初秋の店じまいの時間、相も変わらず無表情な私のことを特に気にすることもなく、同僚と店長がいつものように見送ってくれた。

そんなパティスリーからの帰り道、今日の遅めの夕食はなにを作ろうかなと思いながら、スマホでレシピを見ていた。

夜は冷えるようになってきたから、あったかいものが食べたいなぁって、真剣に画面とにらめっこしていたのがいけなかったのだ。

歩きスマホは危険、なんて知っていたはずなのにね。

信号が変わったと勘違いして、横断歩道を渡ろうとしたその時。激しい音のクラクションで、はっと気がついた。

違う、赤だ。

パパーッ！

最期に目にしたのは、真っ赤な車と焦った顔の運転手。

ドン！　と鈍い音がして、私はそのまま意識を失った。

そうして、私の二五年の短い生涯は、幕を閉じたのだった。

◆
◆
◆

転生したことに気づいて早一五年。今日も私は動きやすいシンプルなドレスに身を包んで、侍女たちに最低限の身だしなみを整えてもらっていた。

「はぁぁ、いつ触れても、お嬢様の肌は透き通るようになめらかで、ツヤツヤですねぇ」

「この御髪《おぐし》もです、まるで絹糸みたい！　はぁ、ずっと触っていたいですぅ」

「……それは困るわ。終わったなら、もう行ってもいいかしら？」

あーん名残《なごり》惜しいですぅ！　と叫ぶ侍女たちに簡単にお礼を言って、私は朝食をとるために部屋を出て食堂へと向かった。

それにしてもさすが我が家の侍女たち、今日も楽なドレスと邪魔にならない程度に緩く纏《まと》めた髪、私好みだわ。

しかも、前世と同じく表情筋の死んでいる現世の私を相手にしても、あのように笑顔と褒め言葉を絶やさないあたり、プロだわね。

この屋敷にいると自分が無表情だということを忘れてしまう。それくらい、ここの使用人たちは私にとてもよくしてくれている。

現世の私の名前は、ジゼル・シュタイン。さらりと流れるグレージュの髪と青みがかった藤色の瞳を持つ一八歳。

先ほども触れたが、感情が表に出ず、饒舌《じょうぜつ》なわけでもないため上手《うま》く気持ちが伝えられないという欠点がある。つまりはコミュ障というわけだ。

そんな私だが、ここアルテンベルク王国の貴族で、魔法学・騎士学・算術学とあらゆる分野において優秀な者を輩出している、シュタイン伯爵家の長女である。

さて、ここまで話せば、私が西洋風の異世界に転生したのだということがおわかりだろう。

三歳で流行《はや》り病にかかり、高熱にうなされた時に突然、私は前世の記憶を思い出した。

ああ、私は交通事故にあって死んでしまったんだって、涙が流れた。

無愛想で人付き合いの下手な私だったけれど、働いていたパティスリーでは大好きなお菓子作りに没頭することができたし、同僚たちもとてもいい人ばかりだった。

幸せだった。

どうしてあの時スマホを見ながら歩いてしまったんだろうって、後悔するくらいには。

涙が止まらないのは、前世を思い出したからなのか、高熱で体が辛《つら》かったからなのか。

それはわからなかったけれど、そこで意識を失い、次に目を開けた時にはもう、私の頭の中は鮮明だった。

前世の私はもういない。これは全く違う人生なんだって、理解した。

それから私は、ジゼルとしての今世を生きてきた。

……まあ正直、三歳児として新しい人生を始めるのは色々と大変だったのだが。

なにがってまず、子ども扱いされることに違和感しかない。お世話したい使用人たちからの攻撃に、私は戸惑うしかなかった。

しかも記憶を取り戻すまでの私は、表情豊かな普通の子どもだったのだろう、屋敷中が突然変貌してしまった私を見て嘆き悲しんだ。

愛らしい子どもが突然かわいげを失ってしまったのだ、そんな周囲の反応は仕方のないことだが、地味に悲しくなったものだ。

それから体調もよくなりすくすくと成長したものの、前世から札付きのコミュ障である私には、さっぱり友達ができなかった。

一〇歳ほどにもなれば、父方の親族に連れられて、同年代の令嬢が集うお茶会に何度か参加させてもらったこともあったのだが、あえなく撃沈。

お茶会の席で、公爵家のプライドの高いお嬢様からのマウント（その時はよくわからなかったけれど……）に、「はぁ……？」と気のない返事をして怒らせてしまったことがあった。

またある時は、子どもっぽい嫌がらせにどう反応してよいものかと困り果てて、とりあえず頑張って笑おうとした結果、相手の令嬢には鼻で笑われた！　と泣かれてしまった。

おべっかもできない、かわいらしい反応もできない、そんな私に貴族令嬢の友達など当然できるわけもなく……。

最初は幼くして母を亡くした私に同情してくれていた親族も、揃《そろ》って匙《さじ》を投げた。気の利いた会話もできない、愛想もない、おまけに表情もない、そんな私を見放さずにいてくれたのは、家族だけ。

まぁそんなこんなで色々あって、見事にこうして引きこもりの私が出来上がったというわけだ。

だからといってあのご令嬢たちと仲よくなりたかったかと言われたら、そういうわけでもなかったけれど。

……だって、私は私だ。自分に自信があるわけではないが、だからといって自分が嫌いなわけではない。

こんな私だけれど、家族は愛してくれているし、お菓子作りを好きになれたのは、他に趣味も特技もない、ひとり集中して作業することが好きな、そんな私だったから。

前世でだって平凡ながら幸せだった。今だってそうだ、心穏やかに過ごせている。

自分を無理に変えてまで他人と仲よくしなくてもいいだろう。無理をすれば、必ずどこかで歪《ゆが》みが出てしまうものだ。

それに、一度命を落としてしまった経験のある私は、今の人生を大切にしたいと思っている。高望みなんてしない、ささやかな幸せでいい、自分のことを否定したくはない。

でも、そうね……あのご令嬢たちには申し訳ないことをしてしまったわね。幼い子どもを相手に、気持ちを汲《く》んだり配慮したりすることもできなかったなんて、私も大人げなかったわ。

そんな幼い頃のことを思い出しながら廊下を歩いていると、うしろから声をかけられた。

「おはよう、ジゼル。うん、今日も綺麗だ」

「馬鹿の一つ覚えのような挨拶だな。おはよう、ジゼル。今日の髪形も似合っているぞ」

……〝色々と大変〟な理由のひとつが、このお兄様たちである。

「馬鹿とはなんだ、僕は王宮きっての天才と評判の魔術師なのだが？」

こちらが兄その一、ジークハルト。

王宮魔術師団に在籍する若き天才……と呼ばれているらしい。確かに魔法の分野においてはものすごい知識と技術を持っている。

「はっ、おまえごときを天才と呼ぶとは、我が国が誇る王宮魔術師団も程度が知れるな」

そしてこちらが兄その二、リーンハルト。

王宮騎士団に在籍する、これでも一個隊を任されている隊長である。剣の技術だけ見れば、確かに隊長職に任命されるだけの実力はあるのだと思う。

「おい、騎士風情の無骨な手でジゼルに触れるな。おまえの馬鹿力でジゼルの美しい玉の肌を傷つけたらどうする」

「力加減もできない素人と一緒にするな。おまえこそ、魔力操作を誤ってジゼルに怪我《けが》をさせるなよ」

……けれど、こんなに子どもっぽい喧嘩《けんか》をするふたりにそんな地位が務まっているのかしら？　と私は疑っている。

そう思いながらやり取りを見守る私のジト目には気づかず、なおもふたりは言い合いを続ける。

「ふん、それこそ天地がひっくり返ってもありえないな」

「はっ！　そんなすましたツラをして、油断などするなよ」

「おまえこそ、生意気な顔をしていると、あの怖い団長に目をつけられるぞ」

……そんなことを言っているけれど、顔はふたりともまるっきり同じよね？　違うのは髪の長さくらいだろうか。

内心でそう思いながら、まるで鏡に映したかのようにそっくりなふたりのお兄様たちの顔を見比べる。どちらもすましているし、どちらも生意気そうな顔をしている。

どっちもどっち、そんな言葉が脳裏に浮かぶ。

さて、ここまでのやり取りを聞いておわかりの通り、ふたりは一卵性双生児、そうつまり双子だ。

母親似のふたりは、少しクセのある金髪に鮮やかなコバルトブルーの瞳の、一見すると白馬に乗った王子様のような容姿をしているが、中身は実に残念なシスコンである。

こうしていると仲が悪そうに見えるが、その実、結構仲はよい。特に悪巧みをしている時は最高に意見が合う。

ちなみに私を巡る争いになる時だけ、またたく間に今のような言い合いを始めてしまう。

……なぜ私のことをそれほどまでに好いているのかは、謎だ。

年も三つしか違わないし、年の離れた妹をかわいがるってわけでもなさそうなのだけれど。

未《いま》だにわーわーと言い合っているお兄様たちをじっと見つめていると、すぐ側《そば》で使用人たちがおろおろしているのに気がついた。

そして眉を下げて、なにかを訴えるような目を私に向けてきた。ああ、またか。

ふうっと息をついて、しょうもない言い合いを続けるお兄様たちに向かって口を開いた。

「ジークお兄様、リーンお兄様。そのあたりにして早く食堂へと向かいましょう？　昨日私が焼いたスコーンを用意してもらうよう、料理長に頼んでおいたのですから」

「「わかった、すぐに行こう！」」

目を輝かせてピタリと喧嘩をやめたふたりに、やれやれと内心でため息を零《こぼ》す。

そして使用人たちからは、さすがお嬢様！　とキラキラした眼差《まなざ》しで見つめられた。

なんとも不可思議なことだが、これが我が伯爵家の日常なのである。

ウキウキと足取りの軽いお兄様たちと共に廊下を進み、食堂へと足を踏み入れると、もうすでにお父様が席についていた。

「やあ、おはよう。今日も兄妹《きょうだい》仲よしだね」

これが私たちの父、アルベルト・シュタイン。

アッシュグレーの髪にアイスブルーの瞳の穏やかな美中年、シュタイン伯爵である。

そんなお父様の隣の席は、今日も空いている。

そう、お母様は私が幼い頃に亡くなっており、お父様は後妻を娶《めと》らずにこうして私たち三兄妹を育ててくれた。

「ジゼルの焼いてくれたスコーンは今日も美味しそうだね。早く起きてこないかと待ちくたびれていたよ」

「遅くなってごめんなさい。今日もたくさん食べてくださいね、お父様」

相変わらず私の表情は無に近いだろうに、そう言って席につく私に、お父様は穏やかに微笑んでくれた。

前世の記憶を取り戻してから、中身が大人なだけあって今世の父に甘えることは気恥ずかしく、例によって無表情の対応となってしまうのだが、私はこの父が人間的にとても好きだ。

それは、前世で私を雇ってくれたパティスリーの店長になんとなく雰囲気が似ていたからという理由がひとつ。

そしてもうひとつ、記憶を取り戻して貴族令嬢としての適性がなさすぎる私の意思を尊重してくれているからという理由もある。

お父様が容認してくれているもののひとつが、このお菓子作りだ。

「うん、今日も絶品だな！　ベリーのジャムとスコーンが紅茶によく合う」

「ジャムもジゼルの手作りなんだろう？　ジゼルが料理長をはじめとするこの屋敷の料理人たちに指導するようになって、もう外の料理なんざ食えたものじゃなくなったな」

ご機嫌な様子でお兄様たちがスコーンを頰張る。

「まあ、そうだねぇ。正直、王宮の料理すら、我が家のものとは比べものにならないと私も思うよ」

苦笑いしつつも、お父様もそれに同意する。

「……別に私は、美味しいものを食べたいし、お菓子を作るのが好きなだけだから」

実際、料理人のみんなにも大した料理は教えていない。

けれど、舌の肥えたお父様やお兄様たちがそう言うのには、訳がある。なんとこの世界、料理がとんと発展していない世界だった。

最初はわからなかった。だって見た目はとてもよい。ものすごく美味しそうなのだ。

それなのに、味が……なんとも言い表せないが、微妙だった。

まずいわけではない、食べられないわけでもない。しかし、美味しくはなかった。

そしてそれはお菓子も同じ、いやさらに酷《ひど》い。こちらは見た目も味も微妙という酷さ。

材料も用具も揃っているのに、なぜ。

衝撃を受けた私は、自分で作らせてほしいとお父様に頼んだ。

しかしその時私は記憶を取り戻したばかりの三歳。包丁を握らせてくれるわけもないし、火を使わせてくれるわけもなかった。

ならばと妥協案で、料理人たちに私の指示通りに作ってもらうことにした。

初めは我儘《わがまま》お嬢様の気まぐれに付き合わせられるのかという様子の料理人たちだったが、出来上がった料理を口にして、私を見る目が変わった。

「「一生お嬢様についていきます!!」」

と、料理長までもが膝を折ったのだ。三歳児を相手に。

それもどうかと思うが、とりあえずそんなこんなで、私は調理場への立ち入りを許してもらえることになった。

結果、シュタイン家の食事事情はものすごい発展を遂げた。

そして我が家の使用人たちは住み込みの者がほとんどなのだが、食事が美味しいという理由から、大幅に離職率が下がった。

なんなら、仕事を辞めてこの家を出たら美味しいご飯が食べられなくなってしまうというなんともおかしな理由で、婚約者や恋人との結婚を渋る若い女性使用人だっている。

そんな時には、誰でも作れる簡単レシピをいくつか載せたノートをそっと渡すことにしている。

そんなことで結婚を断られる相手の男性が気の毒すぎるから。

とまあ話は逸《そ》れてしまったが、そういった経緯があり、この家の者たちは不愛想で貴族令嬢として欠陥のある私にも優しくしてくれている。

俗に言う、胃袋を摑《つか》まれているというやつなのだろう。

「こんなに愛らしくて、料理や菓子作りが上手で、賢くて、謙虚な女性は他にいないぞ？　全く、相変わらずジゼルは自己評価が低いな」

私の思考を読んだかのように、ジークお兄様がそう言って手の中のフォークを弄ぶ。

「はあ。別に、そんなつもりはないのですけれど……」

よくわからないと首を傾げると、まあそんなところもかわいいんだけどな！　とリーンお兄様が頬を緩めた。

まあね？　三人からしたら、私は身内だし、美味しいものを作ってくれる存在、というくらいには価値のある人間だと思う。

けれど、だからってそこまでかわいがってもらえるほどかしらと疑問には思うのだ。

とすると、やはり胃袋を掴まれているということは、それだけ彼らにとっては大事だということなのだろう。

「お兄様たちって、意外と食いしん坊よね」

「「そりゃあ君の作る、とくにお菓子は絶品だからね。今日のオベントウとお菓子も楽しみにしているよ！」」

双子の声が重なった。

伯爵家以外での食事なんて食えたものじゃないから、学校にも仕事にも行かないと宣《のたま》った彼らのために、お弁当を提案したのは、幼い頃の私だ。

「今日のオベントウは、料理長自信作のサンドイッチだそうだ。それと、間食用のお菓子はジゼル特製のマドレーヌだと聞いているよ」

お父様がほくほく顔でそう言うと、兄ふたりも楽しみだな！　と破顔した。

お兄様たちだけでなく、お父様も食いしん坊だったみたいね……。でもまあ、こうして喜んでもらえるのは嬉しいことだ。

「……夕食のデザートは三人の好きなスイートポテトを用意しておくわ」

言葉にするのは少し恥ずかしかったが、好き勝手やらせてもらえているお礼は言わねばとそう伝えれば、なぜか三人は顔を覆って悶《もだ》え出した。

どうしたのだろう、朝食のソーセージに添えてあるマスタードが鼻にきたのだろうか。

「はあ……うちの娘はこんなにかわいいのに。一体誰だろうね、〝塩対応の塩系令嬢〟なんてジゼルのことを呼び始めたのは」

最初に復活したお父様がそう言って深いため息をつく。

そう、三年前のデビュタントの日、私はある貴族男性からのダンスの誘いを断ったのだが、それ以来、非常に冷たい人間だと社交界で評判になってしまった。

いつの間にかそんな汚名を着せられるくらいに。

前世の現代日本の若者たちは、素っ気ない対応のことを〝塩対応〟という言葉で表現していたが、どうやらこの世界でもそんな言葉があるらしい。

そういえば前世の私も、学生時代に同級生から『塩対応傷つくわ～』なんて言われたことがあった。

別に冷たくしたつもりはなかったのだけれど……。

まあでも愛想がよくないのは自覚しているし、仕方がないことだと当時の私も諦めていた。今世も同じこと、慣れたものよ。

ひとりそう納得していると、ダン！　とリーンお兄様が机を打って立ち上がった。

「はっ！　あの夜会の後すぐ、ジゼルの美貌に惚《ほ》れた大勢の輩《やから》が縁談を申し込んできたくせに、手の平を返すようなことを……。父上、やはりこのまま黙っているのはいかがかと」

美貌、ねえ……。

確かに両親も兄ふたりもとても整った容姿をしている（いた）し、私自身も客観的に見ればそれなりに綺麗な顔をしていると思う。

でも表情筋が死んでいることを差し引いても、私のことを好ましく思う人は少ないのではないだろうか。

実際、その縁談を申し込んできた中の何人かとは、家や立場の都合上断り切ることもできずお会いすることになってしまったのだが、会話の続かない私の対応が塩すぎてすぐに諦めていった。

それはそうだろう、趣味はなんですかと聞かれたり今度演劇をご一緒しましょうと誘われたりしても、私の返事は「はぁ……そうですね」という冷たいものばかりだったのだから。

いや、これでも心の中では色々と考えていたのだ。「お菓子作りが好きです……って、貴族のお嬢様がそんなこと言っちゃダメよね？」とか、「演劇……観《み》てみたい気もするけれど、初対面の人と並んで座るのって、絶対緊張するわよね⁉」とか、それはもう色んなことが頭の中をぐるぐる回っていた。

しかし、そんな内心をおくびにも出さず、ただの無表情でそんな返事をされて喜ぶ男性がいるだろうか。好みは人それぞれとはいえ、ほとんどいないだろう。

一度だけ会ったものの二度目はなかった男性たちは、少しばかり整った顔なんかよりも、大切なのは愛嬌《あいきょう》なのだと実感したことだろう。私もそう思う。

「しかし、今のようなかわいらしい顔をどこの馬の骨ともわからん野郎共に見せるつもりもない。ジゼルのよさは僕たちだけが知っていればよいのではないか？」

「ジークの言うことにも一理あるな。しかしジゼルが虐げられるのも腹が立つ。ジゼルが評価されつつ虫共にたかられない方法はないのか？」

お兄様たちがちょっとアレな発言をし始めた。シスコンも行きすぎると気持ち悪がられますよ？

もくもくと朝食を頬張りながら、白熱した議論を繰り広げるお兄様たちを眺める。

その熱意をもっと仕事に向ければいいのに……。

いや、家でやりたいことしかしていない私が言っていい台詞《せりふ》ではないわね。

まあいつものことだし、黙っていよう。

ひとりでそんなことを考えながら最後のひと口をごくりと飲み込む。

「ごちそうさま。お父様、気をつけて行ってくださいね」

「ああジゼル、ありがとう。マドレーヌも楽しみにしているよ」

未だあーでもないこーでもないと議論を続けるお兄様たちを放っておき、私と同じく朝食を終えて王宮へと出仕するお父様に、料理長と合作のお弁当を渡して挨拶のキスをする。

お兄様たちと違って常識的な範囲内で私をかわいがってくれているお父様には、表情も緩みやすい。

「『父上にだけずるいぞジゼル!!』」

そこへ朝食をかき込んだお兄様たちが叫ぶ。

……リーンお兄様、頬にソースがついてますよ？　ジークお兄様も、もきゅもきゅしながら席を立つのはお行儀が悪いです。

仕方ないなと息をつき、リーンお兄様の頬を拭ってからふたりにもお弁当を渡す。

「お兄様たちも、お仕事頑張ってくださいね」

やれやれと思いつつもお兄様たちにそう言って微笑んだつもりでいると、無理しているのがわかるのか、ふたりがぷるぷると震えた。

「「いってらっしゃいのキスは⁉」」

……かと思ったら、そんなことを平気で口にする。本当にこの双子は変に仲がよい。

王宮へと出仕する三人を見送った後、私はいつものように庭園へと向かった。

「おはようございます。今日もいい天気ですね」

「おっ、ジゼルお嬢様。ああ、野菜たちもすくすく育っていますよ」

気さくで愛想のいい、庭師のザックさんを見つけて挨拶をする。

ザックさんは同じくシュタイン家の侍女として働いている奥様と娘さんの三人家族だ。夫婦共に我が家に雇われているということで、特別に家族で住み込みで働いている。

「今日はトマトが食べ頃だな。料理長に渡したら大喜びしそうだ。ほらこのツヤ！　みずみずしくてうまそうでしょう？」

本当は庭園の花々の世話をするのが仕事なのだが、料理やお菓子作りに使う野菜を作りたいという私の我儘をお父様が叶《かな》えてくれ、菜園を作ったことで、野菜たちの世話も手伝ってくれている。

「先週与えた肥料がよかったみたいだな。一時は枯れちまうんじゃないかと心配したが、立派に育ってくれたな！」

ザックさんがツヤツヤのトマトを撫《な》でながら笑う。本来の仕事とは少し違うが、見ての通りすっかり野菜作りにハマっている。

だが確かにとても綺麗で甘そうなトマトだ。

「一緒に収穫してくださいますか？　夕食、期待していてくださいね」

「よっしゃあ！　レイナにも伝えときます。ジゼルお嬢様がこの屋敷の料理レベルをめちゃくちゃ上げてくれたから、うちのレイナは野菜嫌いとは無縁ですからね！」

レイナとは、彼の七歳になる娘さんだ。料理長の作るご飯も私の作るお菓子もいつも美味しいと食べてくれる、とてもいい子だ。

そんな子の父親である三〇代も半ばのザックさんだが、ははは！　と豪快に笑うと、えくぼができて幼く見える。

彼みたいに表情が豊かだったら、私も人生変わっていたかしら？

じっとその笑顔を見つめていると、私の視線に気づいたザックさんがどうしました？　と顔を覗き込んできた。

むに。そしてなんと、私の頬をつねった。

「まーたなんかくだらねぇこと考えてますね。まったくお嬢様は多才なくせに自己評価が低いというかなんというか……」

はあっとため息をついて、ザックさんは私の反対側の頬もつねった。

「ひはい《痛い》でふ《です》」

「また変な噂《うわさ》でも聞いたんですか？　最初は無表情で感情の乏しいお嬢様だと思ってましたが、長年一緒にいると意外と感情豊かだって気づいたし、無表情の裏でなに考えてんのか、大体わかるようになったんですよねぇ」

そしてぐにぐにと頬を揉《も》みしだかれる。

「ほう！　猛《も》う……やへへふははい！」

「悪い悪い。ははっ、そんだけ大きい声が出せれば大丈夫ですね。料理長のうまいメシ食って元気出してくださいよ」

ぱっと離した手をそのまま私の頭にのせ、ぽんぽんと優しく撫でてくれた。

仕える屋敷の令嬢を相手にしているとは思えない言動だが、私は彼のそんな態度が嫌いではない。

さすがに最初からこんな対応だったわけではないが、親しくなるにつれて、こうして素の姿で接してくれるようになり、私もそれを許している。

こんな一見粗雑な言動の中からも、私を気遣ってくれる心がきちんと伝わってきて、じんわりと胸が温かくなる。

「なんです、俺に惚れないでくださいよ？」

「あ、それは大丈夫です。お父さんみたいだなぁって思っているだけですから」

からかうような言葉にそう返せば、ザックさんはぴしっと一瞬固まった。

？　どうしたのだろう？

不思議に思いながら首を傾げていると、ザックさんが今度はぶるぶると震え出した。……寒いのかしら？

「んなわけあるか！　ってか、百歩譲ってそこは〝お兄ちゃんみたい〟だろ！　俺はこんな馬鹿デカい娘がいるような年じゃねー！」

そう言ってザックさんは私の頭をぐりぐりと押し潰してきた。

「痛っ！　ザックさん、痛いです……っ！」

おかしい、褒めたはずなのに。ずいぶん年上扱いをしてしまったのが気に障ったのかしら？　まさか敬語まで取れてしまうくらい怒らせてしまったなんて。

そんなことを考えながら、私はなんとかザックさんの腕から逃れようと涙目でもがくのだった。

「はっはっは！　そんなことがあったんですか。ザックも大人げないですね」

「もう、頭が割れるかと思いました……」

収穫の後、じんじんする頭を抱えながら、私はその足で調理場へと向かった。

料理人たちが伯爵家の昼食を用意する横で、私はみんなの休憩用のお菓子を作る。

いつもより早い時間になったが、これが私の日課。今朝お父様たちに約束したスイートポテトを作っている。

料理長の隣でふかしたさつまいもを潰しながら、先ほどのザックさんとのことを話していた。

「さてジゼルお嬢様、味見をお願いできますかな？」

「……うん、すごく美味しい。さすが料理長ね、きっとみんな喜ぶわ」

この料理長とは三歳の時のあの一件からすっかり意気投合して、こうしていつも並んで料理やお菓子作りをしている。

ちなみに昼食は私と使用人たちの分を用意してくれるのだが、お父様とお兄様たちがいないので、私もみんなと同じメニューをお願いしている。

貴族用の豪華な料理も美味しいが、元ひとり暮らしの貧乏独女の身としては、素朴な味が恋しいのだ。

素朴、といっても味はものすごく美味しい。

確かに最初に前世の料理を教えたのは私だけれど、腕前は料理長たちの方が遥《はる》かに勝《まさ》っている。

まあお菓子作りだけは負けないけど。勝手に張り合っているようだが、そこは元パティシエとしてのプライドがあるのだ。

しかし、実は手の込んだ菓子はこの世界でまだ作ったことはない。簡単な焼き菓子やプリン、ゼリーなどにとどまっている。

本当は生クリームとたくさんのフルーツで飾りつけたデコレーションケーキや、カスタードたっぷりのシュークリームも作りたい。

ほろ苦い生地に甘いチョコのとろけるフォンダンショコラや、ふわっふわのシフォンケーキだって。

でも、怖い。

「お嬢様のスイートポテト、久しぶりですなぁ。控えめな優しい甘さで、みなこの菓子が大好きなのです。それに腹持ちもよくて間食にはもってこいですしな！」

ははははは！　と料理長が嬉しそうに笑う。

「……よかった。ふふ、誰でも簡単に作れるようなお菓子ですけどね」

パティスリーに並ぶきらびやかなお菓子、それらを恋しく思うけれど。ケーキといえばパンケーキにフルーツを添えるものが一般的なこの世界で、それらはあまりにも異質だから。

「私は、これでいいの」

「うん？　お嬢様、なにかおっしゃいましたか？」

「ううん。混ぜるのはこれでよし、そろそろ成形しようかなって」

なんでもないフリをして、料理長にそう返す。

もしもそれらを生み出してしまった時、今のこの生活がどうなってしまうのかを考えると、怖い。

幼い頃のある日、チョコチップ入りのスコーンを焼いてお父様に食べてもらった時。

『すごいな、ジゼル。こんなに美味しいものを作れるなんて話が広まったら、ひょっとして王宮に召されるかもしれないなぁ』

冗談交じりではあったが、そうお父様に言われて、すごく怖くなった。

王宮に上がって、貴族たちに囲まれて。キラキラした世界、だけどそれだけじゃないはず。

そんな中で、ただお菓子を作ることが好きなだけでいられるだろうか。おかしなことに巻き込まれたり、利用されたりすることもあるかもしれない。

それを天秤《てんびん》にかけた時、私は選んだんだ。

私はただ、平凡な幸せを望んでいるだけだから。

ちょっと工夫しただけの、誰でも作れるような素朴なお菓子だけでも、こうして喜んでくれる人がいる。それだけで、私は十分幸せ。

前世で作っていたようなケーキたちは、私の頭の中にしまっておこう。

だけど忘れてしまうのは悲しいから、こっそりノートに描き記しておいて。

思い出の中で楽しむだけにしておくって、決めたんだ。

そう自分に言い聞かせて、私は成形したスイートポテトをオーブンに入れた。

その日の夕方というには少し早い時間。

いつものように自室にて屋敷の書類仕事の手伝いを終え、そろそろ夕食の手伝いに厨房《ちゅうぼう》へと向かおうとした時。

「お嬢様、お客様がいらしております」

「お客様……?」

長年我が家に仕えてくれている執事のロイドが、戸惑いながらそう私に伝えに来てくれた。

私にお客様なんて、ここ数年いらしたことがないけれど?

最後のお客様は……お見合いの男性だったかしら?　友達なんてものは、一度だってこの屋敷を訪れたことはない。

頭の上に「?」がたくさん浮かんでいる私を気遣いながらも、ロイドは続けた。

「その、お客様ですが……。どうやらリーンハルト様の上司にあたる、王宮騎士団の副団長殿のようでして……」

「ふく、だんちょう?」

なんだそれは。

誰だそれは。

「〝青獅子《あおじし》〟と名高い、バルヒェット侯爵家のご子息です。かなりの剣の達人で、史上最年少で副団長の地位についた、しかも噂に違《たが》わぬ美青年で……」

一応バルヒェット侯爵家のことは知識として知っているが、青獅子だの史上最年少だの美青年だのというご子息のことは知らない。

とにかくすごい方なのだということはわかったが、なぜそんな方が私を？

お客様の正体を聞いても、さらに頭の上で「？」がぐるぐる回ってしまった。

「それと、その片手になぜかお嬢様のお手製らしきマドレーヌが握られておりまして……」

ますます意味がわからない。

「え、ええと、お父様やお兄様方のお客様の間違いではないの？」

「いえ、はっきりとお嬢様にお会いしたいとおっしゃいました」

戸惑いながらも、ひょっとしたらという期待を込めてそう聞いてみたのだが、きっぱりとロイドに否定されてしまった。

だが、お客様の相手など生まれてこのかたしたことがない。なにをしてよいのかさっぱりだ。

こういう時、自分は本当に貴族令嬢としてダメダメなのだなと感じる。

「と、とりあえず応接室にご案内を……」

「もうお通ししております」

「ええと、では、お茶を」

「それもすでにお出ししております」

じゃあ後はなにをすればいいんだ。

世間知らずな私に思いつくのはこれくらいだというのに、それら全てがもう完了しているという。

「あとは、お嬢様がお出迎えなさるだけですよ。ほら、身だしなみを整えて、参りますよ！」

パチンと指を鳴らすロイドの合図でどこからともなく侍女たちが現れた。

「お嬢様、このドレスにお着替えを」

「その後御髪を整えますね！」

「あーん、時間がなくてお化粧できないのが残念ですわぁ！」

やる気満々の侍女たちに、あとずさりをする。

「さあお嬢様、お客様がお待ちです」

本能で早くここから逃げ出さなければ……と思ったのだが、にこにこと微笑みを浮かべるロイドにうしろから肩をがっしりと摑まれてしまった。

もう逃げられない、そう悟った私は、死んだ魚のような目をして、張り切る侍女たちに身を委ねたのだった。

第二章　青獅子と塩系令嬢

「ユリウス・バルヒェットと申します。突然の訪問、申し訳ありません」

「いえ……」

支度開始から一五分。

恐ろしい速さで身なりを整えさせられた私は、応接室で青獅子と呼ばれているらしい、リーンお兄様の上司の方と顔を合わせていた。

き、緊張しすぎていつも以上に顔が固まっているのがわかるわ！

無表情も無表情、急とはいえ客相手なのだからもう少し愛想よくしろよなとか思われてしまうのでは……！

ユリウスと名乗ったお客様をちらりと見る。目が合うと、紳士的な態度でにこりと微笑まれた。

なるほど、先ほどロイドが言っていたことは本当だったようだ。目の前の男性はとても端整な顔立ちをしている。

騎士というより、前世でいうアイドルみたい。

青みがかったグレーの柔らかそうな髪を耳にかける、その仕草も男性なのに色気がある。

それでいて金色に光る瞳は少し鋭さもあって、野性的な雰囲気も持ち合わせている。纏う騎士服は青と白を基調としており、なるほど〝青獅子〟という二つ名がぴったりだと納得する。

「思い出してくださいましたか？」

「はい？　なにをです？」

突拍子もないことを聞かれ、反射的にそう返す。びっくりして少し冷たい言い方になってしまった気がする。

そんな私の反応に、彼はだめか……とため息をついた。

え、なにその反応。なんのことやらさっぱりなのだ、せめてちゃんと説明してからため息をついてほしい。

そんな私の胸の内を知ってか知らずしてか、副団長さんは徐《おもむろ》に手にしていたマドレーヌをそっと机の上に置いた。

そういえば私の作ったマドレーヌを持っていたようだとロイドが言っていたわね。確かにこの包みは、私が今朝お父様たちに渡したものと同じだ。

とりあえずその理由を聞いたらいいかしら？

「……なぜ、これをお持ちなのですか？」

「ご令嬢の兄君からかっぱ……いえ、奪……いや、譲ってもらいました」

かっぱ……。かっぱらってきたってこと⁉

私だけではない、扉の近くに控えているロイドが動揺して表情を崩して驚いているのが見えた。

それも致し方ない。

あのリーンお兄様から、私の手作りお菓子を奪った……ですって？

一応隊長職に就くほどには腕っぷしは強いし、その上私が絡むととんでもない強さを発揮する、妹馬鹿《シスコン》から？

「驚かないのですね」

「いえ、十分驚いております。そんなツワモノがいたのかと」

どうやら私の表情筋はまた死んでいたらしい。この驚きがさっぱり伝わっていない。

それにしても、マドレーヌを奪われたのにリーンお兄様が未だ帰ってこないということは、まさかなにか……。

そんな私の不安を察知したのか、副団長さんが心配しないでと話し出した。

「兄君には訓練メニュー〝難易度・地獄〟を終えたら帰宅してよいと伝えてあります。騎士団内では団長、次いで副団長の命令は絶対。完全縦社会ですから。いつもよりは遅くなるかもしれないですが、まあそのうち帰ってくるでしょう」

うわ、ブラックすぎる。〝難易度・地獄〟って絶対ヤバいやつでしょう。それをやれとさらりと笑顔で言いましたねこの人。

内心ドン引きで聞いていたのだが、それでも私の表情が変わらないのを見て、副団長さんはうーんと悩ましい顔をした。

「まあいいか。さて、では話を戻してもよいですか?」

「ああ、はい。どうぞ」

まあお兄様はかなり頑丈だし、副団長さんの様子から見るに大丈夫なのだろう。

その話は置いておいて、本題はこのマドレーヌに関係することのようだけれど……。

私が作ったマドレーヌ、元々このアルテンベルク王国にはないお菓子なのだが、見た目は大して華やかでないし、貴族の目に留まることはないだろうと思っていたのに。

なにか問題でもあったのだろうか。まさか、咎《とが》められるのではないか。

だって彼は王宮騎士団の副団長。王国の風紀を正すのも仕事のうちだ。

どきどきと胸の鼓動が大きくなるのがわかる。

努めて冷静さを保とうと一拍目を閉じ息をつく。

それからそっと目を開け、恐る恐る視線をマドレーヌから副団長さんへと戻すと、彼はとても真剣な顔をしていた。

先ほどまでの紳士的な雰囲気から一変、どこかぴりりとした緊張感すら感じる。

目が合った瞬間、ひゅっと血の気が引くのがわかった。

「お願いです、私のために菓子を作ってくれませんか⁉︎」

「あっ、あの……」

…………。

はい？

本能で恐怖を感じた私が絞り出すように発した声と、副団長さんの声が重なった。

だから、聞き間違えたのかもしれない。いや、きっとそうだ。

そう思うことにして半ば現実逃避しようとしていたのに。

「あなたの作った菓子をもっと食べたいのです」

私を現実に戻したのは、副団長さんのそんな一言だった。

え、この人今、なんて言った……？

「ええと、確かにこのマドレーヌは私が作ったものではありますが……」

「〝まどれーぬ〟という菓子なのですか。見た目は素朴ですが、とても美味しいですね」

あ、しまった。思わずこの世界にないお菓子の名前を口にしてしまった。

「それにしても、変わらず優しい味で嬉しくなりました」

慌てて口を塞ぐが、副団長さんは大して気にしていない様子だ。

それはよかったけれど、〝変わらず〟ってどういう意味なんだろう……？

詳しく聞きたい気もするが、これ以上ボロが出そうで怖い。

どう答えるのがよいのかわからず言葉を詰まらせていると、副団長さんは困ったように微笑んだ。

「すみません、変なことを言って。まあとにかく、私はあなたの作る菓子にすっかり惚れ込んでしまったのです。それはもう、地獄の訓練を君の兄君に押しつけてここへやってくるくらいには」

確かに彼の言っていることが本当なら、あのリーンお兄様を退けてアポなしでここに来たくらいだ、よほどマドレーヌを気に入ってくれたのだろう。

……正直、ちょっと嬉しいかも。

「はぁ。それはどうも」

しかし私は、今感じている喜びとは裏腹に、そんな愛想のない反応しかできなかった。

そんな私の素っ気ない態度に、ずっと紳士的に接してくれていた副団長さんも、さすがに笑顔で固まってしまった。

ああ、やっぱり。

こんな反応をされるのは、今に始まったことではない。ぜひにと乞われて私に会いに来たお見合い相手たちも、最初こそ笑顔だったが、だんだんその表情が険しくなっていった。

こういう時に素直に喜びを表せないところがいけないんだろうな。かわいげがないって思われても仕方がない。

自分で自分が、嫌になる。

そう思い一度は俯《うつむ》いたものの、謝った方がよいだろうかと視線だけを上げて副団長さんの様子を窺《うかが》うと、なぜか彼は額に両手をあてて天井を仰いでいた。

「あ、あの？　どうかされました……？　私の言動がなにかいけなかったでしょうか？　不愉快な思いをされたのであれば、謝ります。申し訳ありません」

予想外……というか不可思議な副団長さんの反応に戸惑ってしまったが、やはり気分を害してしまったのだろうかと思い至り頭を下げようとすると、違うんです！　と慌てて止められた。

「いえ、なんでもありません。気にしないでください。あーっと、それで、私にも菓子を作ってほしいという要望には応えていただけますか？」

そう慌てる副団長さんの頬が心なしか赤い気がしたが、まあきっと気のせいだろう。

とりあえずそのお話を詳しく聞くと、どうやら私の作るお菓子を食べたいという申し出は、一度や二度の機会ではなく、できれば定期的に作ってほしいということだった。

まあお菓子なんてほぼ毎日作っているから、その中のひとつやふたつ副団長さんに渡したところで、労力は変わらない。だから作ることに関しては別に問題ないのだが……。

「その、作るのはともかく、お渡しする方法はなにかお考えで？　申し訳ないのですが、直接お届けに上がるのは、その、ちょっと……」

それはしたくないという含みを持たせて口ごもる。

情けない話だが、ここ数年活動範囲はほぼ屋敷内だけという引きこもりなので、職場《王宮》にお持ちしなければいけないのであれば、お断りするしかない。

人の多いところは苦手だし、王宮なんてもってのほかだ。

だからといって、忙しいはずである副団長さんがわざわざ取りに来るわけはないだろうし。方法がないのなら、この話は断るしかないのだ。少し残念な気もするが、私の平穏には代えられない。

「ああ、それなら心配しないでください。こいつに頼むつもりですよ」

私の不安など歯牙にもかけず、副団長さんはあっけらかんとそう言うと、パチンと指を鳴らした。

すると、なにもなかったはずの彼の頭上が突然キラキラと光り輝いたかと思うと、大きな鳥が現れた。

「これは……！　精霊、ですか？」

「そう。私の使い魔です」

副団長さんが手をかざすと、副団長さんの使い魔だという鳥はその上にそっと止まった。

キラキラした赤や黄、橙《だいだい》色の翼が美しい、まるで不死鳥《フェニックス》のようだ。

「鳥、好きなんですか？」

ほえ〜っと見とれていると、くすくすと笑われた。しまった、呆《ほう》けた変な顔を見られてしまった。

「ええと、まあ、はい。……とても綺麗ですね。使い魔さんのお名前はなんとおっしゃるのですか？」

こほんと咳《せき》払いをして居住まいを正すが、取り繕えていなかったようで、なおも副団長さんは笑いを収めていない。

それが気恥ずかしくてじろりと睨《にら》んでみたが、あまり迫力はなかったようだ。

「ふっ、すみません、つい。こいつはゼン。あなたが名前を呼べば姿を現しますので、袋かなにかに入れて菓子を託してください。会話で意思の疎通もできますから、ご安心を」

そう言う副団長さんに続いて、ゼンが嘴《くちばし》を開いた。

「菓子の遣いに使われるのは正直不本意だが……。主《あるじ》の命だからな、仕方ない」

しゃ、しゃべった！　それに渋い声！　かっこいい!!

「それで、ジゼル嬢？　私の頼みを引き受けてもらえますか？」

ずいっと副団長さんが身を乗り出す。この真剣な目、どうやら本気のようだ。

どうしよう、こうなってしまうと、引き受ける理由もないが、断る理由もない。

まあ私になんの得もないと言われたらそうなのだが……でも。

ちらりとゼンの麗しい姿を見つめる。

意外に思われるかもしれないが、私は動物好きである。しかしこの無表情のせいか、小動物にはあまり好かれない。

けれど、ゼンならば会話もできるし、ついでにお菓子をあげれば、ひょっとして懐いてくれるかもしれない。

そんな邪《よこしま》な気持ちを抱きながら、机の上へと移動してきたゼンを見る。

仲よくなれるといいな。それで、撫でさせてもらえるようになったら嬉しい。

「……わかりました。お作りします」

やった！　と副団長さんの顔が綻んだのが見えた。

ゼンに会えるのも嬉しいし、それに。

『あなたの作った菓子をもっと食べたい』

そう言ってもらえたのが、嬉しかったから。

前世で働いていた時も、お客様の喜んでくれる顔がとても嬉しかった。ああ、私はここにいていいんだって、思えた。

「お菓子を作るのはほとんど日課になっていますから、副団長さんがよろしければ毎日でもお渡しが可能です。出来上がりは大体一五時頃になるかと思いますが、その時間にゼンを呼び出しても構いませんか？」

「なっ……」

「はい！　構いません!!」

私の言葉にゼンはたじろいだが、副団長さんは嬉しそうに即答した。

主人でもない赤の他人が、使い魔をしょっちゅう呼び出してもいいだなんて……。よほどお菓子が好きなのね。

「では、早速明日から作らせていただきます。……ところで、今日作ったスイートポテトがまだ残っているのですが、よければお土産《みやげ》にいくつか包ませましょうか？」

ほっこりした気持ちになり、ついそう提案してしまった。

けれど、そんな私の言葉に、副団長さんは目を見開いて固まっている。

あ、しまった。馴《な》れ馴れしかったかもしれない。

「……すみません、なんでもありま……」

「ぜひ!!」

慌てて訂正しようとすると、がばりと副団長さんが身を乗り出してきた。

「とても嬉しいです！　その、〝すいーとぽてと〟がなにかはわかりませんが、まどれーぬとは別の菓子だということですよね!?　ぜひ、いただきます!!」

前のめりな副団長さんの言葉に、今度は私が目を見開いて驚いた。

でも、なんだかかわいい、かも。

恐らく年上だとは思うが、キラキラした目をして興奮する副団長さんがちょっぴり幼く見える。

最初は紳士的で立派な騎士というイメージだったのだが、こんな姿はまるで子犬のようねと微笑ましく思いながら、扉の前に立つロイドにお菓子を包むよう、お願いするのだった。

その日も私はいつものように訓練をこなしていた。

「副団長、そ、そろそろ……」

「まあ、こんなものか。一度休憩にしようか」

虫の息となった部下との勝負にケリがつき、懇願するような声にそう応える。

まだまだだなと思いつつも、こいつの実力を考えたらこのあたりで終えておいた方がよいなとの判断だ。

私の名は、ユリウス・バルヒェット。

バルヒェット侯爵の三男で二三歳、恐れ多くも王宮騎士団副団長の任を賜っている。

自分で言うのもなんだが、美形が多いことで知られている家門の血筋らしく整った顔立ちをしていると思うし、史上最年少で副団長に就いたという箔《はく》もある私は、まあ有り体に言えば女性からモテる。

それゆえ美しい女性との一時のお遊びを楽しむこともあったけれど、私の心が満たされることはなく、表面上の優しさを取り繕うだけだった。

色鮮やかなドレスで身を飾って、きらきらとした表情で私を見つめる女性たちはとてもかわいらしいと思う。

けれど、心のどこかで、そんな彼女たちをどこか冷めた目で見てしまう自分がいた。

いっそのこと、部下であるどこぞの隊長のように、女になど興味がないと冷たい態度を取れたらよいのだが……。

最低なことをしている自覚はあるものの、甘やかな女性たちとの時間が恋しい時もあり、言い寄ってくる女性たちを突き放すこともできず、中途半端な振る舞いをしているというわけだ。

そんなどうしようもない私だが、一度だけ、自分からある女性のことを知りたいと思ったことがあった。……残念ながら近づくことなど叶わなかったわけだが。

彼女があの時の子だと思ったのだが、人違いだったのだろうか。

未だにふとした時にそんなことを思い出し、こうして自分で気持ちを沈ませてしまう。

ふうっとため息をついて剣を仕舞うと、水の入ったビンを持って歩き出す。

本当は疲れた体を甘いものでも食べて癒やしたい。しかし、騎士団内ではそれすらもままならない。

そう、私は甘いものが好きだ。

だが汗臭い男共ばかりのこの空間で菓子など取り出して食べてみろ、馬鹿にされること間違いない上に、美味しく頂けないに決まっている。だから今日も水だけで我慢だと自らに言い聞かせた。

さて、賑《にぎ》やかな場所で休む気分にはなれないし、そのあたりの静かな木陰でも探そう。

そう思いながら歩き進めていくと、なんと噂の人物に出くわした。

「副団長？　……お疲れ様です」

リーンハルト・シュタイン。私より少し年下の、騎士団隊長職に就いている男だ。

双子の兄は魔術師団の鬼才と呼ばれるほどの実力者で、彼自身も若くしてかなりの腕前でその地位にのし上がった。

誰もが認める端整な顔立ちと金髪に鮮やかなコバルトブルーの瞳は、まるで物語に出てくる王子様のようだとご令嬢たちがため息をつく。

だがしかし、彼らは異常なほどの妹馬鹿《シスコン》だということでも知られている。

口を開けば「早く帰りたい」、普段熱くなることがないくせに妹のこととなると饒舌、妹以外の女に興味がない変人。

優秀なのに残念、それがシュタイン兄弟の周りからの評判だ。

その妹はといえば、彼らの妹らしく白皙《はくせき》の美貌の持ち主ではあるものの、そのあまりの無表情さと対応の冷たさで、〝塩対応令嬢〟と有名である。

まあ社交界に出てきたのはデビュタントのみの、ただの一度だけなのだが、その一度がみなにかなりの衝撃を与えた。

ひとりの男が申し込んだダンスを、直球で断ったのだ。

普通は断るにしても、足が疲れたからなどとなにかしらの理由をつけてやんわりと断るのがマナーだとされている。

しかしシュタイン伯爵令嬢は違った。『お断りさせていただきます』、『私、好みではありませんの』と直球も直球、一刀両断したのだ。

その後、衝撃的な噂は飛び交ったものの、その美貌に見とれた多くの男共がシュタイン家に婚約の申し込みを打診したのだが、そのほとんどが一度も会うことも叶わず一発で断られることとなり、会うことのできた一握りの男たちも玉砕。

デビュタントでの出来事も相まって、彼女は〝塩系令嬢〟と呼ばれるようになってしまった。

そんな彼女を、双子が他の女性が目に入らないほどにかわいがる理由がよくわからないと、多くの者は言う。

ちなみに、いくら顔がよくても愛想がないのではな……と残念がる男も多い。

だが私は、目の前のこの男がただ顔がよいというだけの理由で妹を溺愛するとは思えない。

魔術師団に勤める、双子の片割れをよく知る友人も同じことを言っていた。双子の兄の方とは話したことがないが、目の前の男とはどうやら顔だけでなく中身も似ているらしい。

「どうしました？　俺、休憩中なので早くどこかへ行ってくれませんか？」

そう、上官に向かって不遜な態度をとる、この失礼なところも似ていると聞いた。かろうじて敬語を使ってはいるが、上官に対する言葉とはとても思えない。

そのまま固まる私に、リーンハルトはため息をついた。

「はあ。本当は俺、こんなむっさい職場嫌だったんですけどね。ジゼルが働かざるもの食うべからずって言うから、仕方なく出勤してますけど」

自分たちはずっと家で妹を愛《め》でていたかったのに、健康な成人男性が働くのは当然のことだと言われたのだとリーンハルトは言う。

全くもって正論である。……妹の方が常識人じゃないか？

塩系令嬢の意外な人柄を聞くことができ、少しだけ親近感を持った。

さてこれ以上悪態をつかれる前にさっさと退散しようかと、ふとリーンハルトの方を向き、その左手の中にあるものを見て目を見開いた。

「ああ、これは俺の天使、ジゼルの手作り菓子です。立派に働く俺のためにわざわざ作って毎日持たせてくれるのですよ。どうです、俺への愛に溢《あふ》れていると思いませんか？」

そう言ってリーンハルトはうっとりした顔をしながら手にしていた菓子を頬張った。

その菓子が本当にリーンハルトをいたわるために作られたものなのかどうかはさておき、私はその菓子に見覚えがあった。

まさか。

やはり。

その相反する考えが頭の中に交互に浮かぶ。

「リーンハルト・シュタイン……」

低い声で私に名を呼ばれ、リーンハルトは怪訝《けげん》そうにこちらを見た。

そんな彼に向かって、私はゆっくりと口を開く。

「ああっ！　なんと、あそこからおまえの愛する妹がこっちを見ている‼」

「なにっ⁉　こんなむさ苦しい訓練場に、ジゼルがなぜ⁉」

まるで子供騙《だま》しだ。

しかし溺愛する妹の名前を出され、リーンハルトは見事に引っかかった。私が指を差したあさっての方向にぐるりと顔を向けたのだ。

右手の包みの中には、まだ菓子が入っている。

思わず、というのはこの時のようなことを言うのだろう。普段の私なら、こんなことは絶対にしない。

無防備になったリーンハルトから、私は菓子の入った包みを奪い取った。

「なっ⁉　副団長‼」

リーンハルトが叫ぶのも構わず、私は猛ダッシュした。

「おまえには今日この後、〝難易度・地獄〟の訓練メニューを行ってもらう。いいか、終えるまで帰ってはいけない。これは副団長命令だ！」

「はあああ⁉　ちょ、ふざけんな‼」

とうとう敬語まで抜けた。

振り返ることはなかったので顔までは見えなかったが、恐らくかなり怒っていることだろう。

悪いな、リーンハルト。騎士団の序列は絶対、即《すなわ》ち私の命令は絶対と言える。

ほら、騒ぎを聞きつけた騎士たちが私を追おうとしているおまえを引き止めに来ただろう？

「副団長の命令通り、訓練メニューをこなしてから行け」と。

すまないな、尊い犠牲だった。

くっ、と走りながら涙する演技をしてみたが、私の心は期待で膨らんでいた。

まさかとは思う、しかしきちんと確かめたい。

先ほどリーンハルトから奪った菓子をちらりと見て、ひと口頬張る。すると口の中に素朴で優しい甘さが広がった。やはり、あの時と同じ味だ。

三年前の私の考えは、間違ってなかったのかもしれない。

会いたい、早く。

そんな思いを胸に、私はシュタイン伯爵家へと向かうべく、馬車置き場へと向かったのだった。

そうして先触れもなしにシュタイン伯爵家を訪ねた私を、シュタイン伯爵令嬢――ジゼル嬢は、怪訝そうな顔をしながらも受け入れてくれた。

以前一度だけ会ったことがあるのだが、ジゼル嬢は相変わらず……いや、ますますその美貌に磨きがかかっていた。

さらさらと流れる髪はまるで極上の絹糸のようだし、こんな言い方はよくないかもしれないが、顔の造りもまるで精密に作られた一級品の人形のように整っている。

それでいて青みがかった藤色の瞳が少しだけミステリアスな色気を含んでいて、生身の人間であることを実感させられる。

デビュタントの後に、多くの貴族令息たちが婚約を申し込んだのも頷《うなず》ける。

ただ、その表情は完全に真顔で崩れることがない。それもまた彼女が美しい人形のようだと思った理由かもしれないが、〝塩系令嬢〟と呼ばれてしまうのも少しだけわかる気がした。

失礼だと思いながらも、この無表情で固まりきった顔を前に、そんなことを考えてしまう。

――それが、数分後に改めさせられることになるとは思わずに。

とりあえずここで嫌われるわけにはいかないと、慎重に事を進めることにする。

約束のない突然の来訪という失礼を冒しているのだ、紳士的な対応で、嫌われないように。

努めてにこやかな態度で接するが、ジゼル嬢の表情と声は固いままだ。

この様子だと、あのことも覚えていないのだろうか。一度だけ会った、あの時のことを。

「思い出してくださいましたか?」

それもなんだか悔しい気がして、思わずそう口から出てしまった。

「はい?　なにをです?」

わかってはいたが、予想通りすぎる反応に悲しくなる。

やはり彼女には私のことなど記憶の片隅にも残らなかったのだなと、ため息を我慢することができなかった。……別に、好きな相手に振られたわけではないのだから、そこまで落ち込まなくてもよいのだが。

いやしかし、ここまで露骨に眉を顰められてしまったら、落ち込むのも当然だろう。

これ以上変に傷つくのも虚《むな》しいだけなので、本題に入ることにする。

先ほどリーンハルトから奪った菓子をそっとテーブルの上に置くと、ジゼル嬢は初めてその表情を少しだけ変えた。

誤魔化しはしたが、おそらく菓子を奪ったことはバレただろう。だがそれを告げても、それほどの驚きは見られなかった。驚かないのかと告げると、十分驚いているとの言葉が返ってきた。

確かにその声には動揺の色が混ざっており、微《かす》かだが身体が震えているようにも思えた。表情からはあまり感じられなかったが、もしかして……。

「心配しないでください。兄君には訓練メニュー〝難易度・地獄〟を終えたら帰宅していいと伝えてあります」

……自分で言っておいてなんだが、全然安心できない内容である。〝難易度・地獄〟って、物騒すぎるだろう！

まあ事故にあったり生死に関わることがあったわけではないということはジゼル嬢に伝わったらしかったので、よしとしよう。……あの訓練メニューは、人によっては生死に関わるかもしれないが。

そう少し悩みはしたが、リーンハルトならどうということはない、私は嘘《うそ》は言っていないと気持ちを立て直し、話を戻す。

ここからが正念場だ。

私も気持ちに余裕がなかったのだろう、思わず戦場に立つ前のような緊張感を醸し出してしまった。真剣な面持ちで、ジゼル嬢に告げる。

「お願いです、私のために菓子を作ってくれませんか⁉」

「はあ、緊張した……。しかしジゼル嬢が承諾してくれてよかった」

無理な願いであることは重々承知だったのだが、ジゼル嬢は明日から、しかも毎日届けてくれると約束してくれた。

話を終え、シュタイン伯爵家を出て馬車に乗り込むと、それまでの緊張が一気に緩み脱力する。そんな私に使い魔のゼンがじろりと睨みをきかせた。

「主……我を売ったな」

「まあそう言うな。おまえだって好きだろう？　甘い菓子」

ゼンの機嫌を取らなければと、お土産にもらった〝すいーとぽてと〟を半分に割り、ほら、とゼンの前に差し出す。

むっ……と唸《うな》ったものの、ゼンは欲望に負けたのか、大人しく菓子をつつき始めた。

そして自分も残った半分をぽいっと口に入れる。

「!!」

その菓子が口の中に広がったところで、ふたりで目を合わせて見開いた。

「主……これは」

「うまいだろう？　それに、魔力も感じる」

リーンハルトから奪ってきた菓子もうまかったが、こちらもまたとんでもなくうまい。

先ほどまで不本意そうな様子だったゼンも、実際に菓子を味わい、この菓子が食べられるのならばお遣いに使われるのも悪くないと思い始めたようで、それからは文句を言わなくなった。

「明日も楽しみだな」

まさかこんなところでという出会いだったが、無茶をしてでもシュタイン伯爵家に行った甲斐《かい》があった。

ずっと恋い焦がれていた味、明日から毎日食べられると思うと、嬉しくてたまらなかった。

「だが主よ、気に入ったのは菓子だけではないのだろう？」

嘴でついばみながらすいーとぽてとを堪能するゼンが、まぐまぐと咀嚼《そしゃく》しながらそんなことを言ってきた。

「……なんのことだ」

「とぼけても無駄だぞ。我にはわかる。あの娘の一挙一動に心を動かされていただろう」

ちっ！　と舌打ちをして顔を逸らす。くそ、伊達《だて》に長年生きている精霊ではないな。

「どうやらあの娘、心が表情に出ないだけで、冷たいわけでも性格が悪いわけでもないようだな。むしろ、色々と考えすぎてしまうタイプの人間だと思うぞ」

「それくらい私にもわかった！」

そう、今までは知らなかった。そして誤解していた。

だが今日実際にジゼル嬢と接してみて、その印象がガラリと変わった。

まずひとつわかったのは、彼女は本当に菓子作りが好きなのだろうということ。

しばらく会話をしていて、兄になにかあったのではと心配した時以外で表情が変わったのは、菓子の話をしている時だけだった。

〝まどれーぬ〟という菓子のことを褒めた時、素っ気ない言葉が返ってきたものの、その頬が少しだけ赤らんでいた。

恥ずかしいけれど、嬉しい。僅かな変化ではあったが、彼女の表情からはそれが読み取れた。

「ふむ。主、笑顔で固まっていたな。見とれていたのか？」

「違う！　いや、違わなくはないが……。驚いたというか、その……」

いや、厳密に言えば違うのかもしれないが、確かに私はあの時ジゼル嬢の表情を見て、〝かわいい〟と思った。

「その後、天井を仰ぎ見るという滑稽なことをしていたな。あれはなんだったんだ？」

「なぜかはよくわからんが、嬉しそうにしていた後しゅんとした顔になったのが、かわ……いやなんでもない」

まずい、ついベラベラと話してしまった。

「ほほぅ。我に興味を持ってついはしゃいでしまったあの娘を見る目は、とてつもなく優しかったが？」

「仕方ないだろうかわいかったんだ!!」

あ。

本音が出てしまった口をぱたりと手のひらで覆うが、もう遅い。

「ほうほう、その後恥ずかしくなった娘が主を睨んだのも、まるで羞恥心に耐える猫のようで愛らしいとでも思ったのかな？　そして最初は警戒心剝《む》き出しだった娘が、最後には心を少し開いてくれたように、毎日菓子を作ると言ってくれて、その上、手土産まで持たせてくれたことに嬉しくなったのだろう？」

「ああ！　おまえの言う通りだよこのクソ使い魔!!」

もう自棄糞《ヤケクソ》だ。使い魔に隠しても仕方がない、認めてしまった方が楽だ。

「もちろん協力するだろう？　俺の使い魔だからな」

余所《よそ》行きの話し方をやめて、ゼンを見る。こいつには、毎日菓子を運んでもらうという重要な役割がある。

「さて。娘が不憫《ふびん》な気もするが……まあ主の命ならば仕方がない」

どこか楽しそうに笑う使い魔に、こき使ってやると内心で思いながら、ため息を零すのだった。

第三章　新作お菓子は誰のため？

「できたわ。……うん、お酒に漬けたフルーツがいい味出してる」

焼いた後少し冷ましたパウンドケーキをカットし味見をすると、ラム酒の香りがふわっと口の中に広がった。

バナナとフルーツ、二種類焼いたのだが、どちらも上手く焼けている。

「……副団長さんはどちらがお好みかしら」

「どちらも好きだと思うぞ」

ぽつりと呟《つぶや》けば、急に背後から渋い声で答えが返ってきた。ゼンだ。

「ゼン、あなた最初はお遣い役が不本意そうでしたのに、呼ばなくても出てくるようになってしまいましたね」

「思いの外そなたの作る菓子が口に合うのでな。ちなみに我はそちらの酒の入った方がより興味がある」

副団長さんにお菓子を届けるようになって、はや一〇日。いつの間にかゼンはこうして気安く会話をしてくれるようになった。

仲よくなりたいと思っていたので、願ったり叶ったりである。

それにコミュニケーション能力の低い私ではあるのだが、なぜだかゼンとは話をしやすい。ゼンは精霊だし、人間とは少し違うからだろうか？　鳥の姿なのも緊張がほぐれるのだろう。

今日もつまみ食いをするのだろうなと、早速フルーツの方のケーキをひと口分だけ切り取ってゼンの前に差し出してやる。

するとすぐに嬉しそうについばんでくれた。

「うむ、今日の菓子も美味だな。主もきっと気に入る」

「そうだとよいのですけれど。すぐに包むので、もう少し待っていてくれますか？」

待ち時間の味見用にと二種類のケーキをゼンの食べやすい大きさにカットして、お皿に入れて目の前に置いてやると、承知したと返事をしてゼンはまぐまぐと食べ始めた。

それを微笑ましく見つめながら、副団長さん用にと今度は少し厚めにケーキをカットしていく。二、三日なら保《も》つだろうし、少し多めに渡してもよいかもしれない。彼のことだ、きっと喜んでくれるだろう。

あの日以来会っていない副団長さんを相手にそう確信できるのは、ここ一〇日間の彼とのやり取りからである。

約束通り、私は副団長さんが屋敷を訪れた翌日からお菓子を作り、ゼンに託して届けるようになった。

クッキー、カップケーキ、パンケーキにはちみつを塗ってサンドしたもの等、スタンダードなお菓子ばかりである。

とはいえ、味には自信がある。そこは元パティシエとしての矜持《きょうじ》があるからね。

副団長さんはそのどれもをとても気に入ってくれ、なんと毎日夕方頃に感想付きの御礼状を送ってくれるのだ。

『バターの香りがたまらない』『サクサクとした食感が好きだ。手が止まらなくてすぐになくなってしまった』『はちみつの甘さがふわふわのパンに馴染んで優しい味がした』など、毎回大絶賛。

『もっと多くても問題ない』とのリクエストまで頂いている。

しかもその御礼状には、いつも一輪の花が添えてある。

もしもそれが高価なアクセサリーや豪華絢爛《けんらん》な花束だったなら、私は受け取りをかなり躊躇《ため》っただろう。

実際、以前多くのお見合いを迫られた時は色々な贈り物をされた。貴族の風習には慣れないわ……とげんなりしたものである。

しかし、花の一輪ならばなんの気負いもなく受け取れる。部屋に飾るのも楽しいし、お菓子の感想をもらえるのも嬉しい。

正直、最初はお菓子を作ってほしいだなんて、貴族らしからぬ無茶なお願いだなと思っていたし、口に合わないとか変な難癖をつけられたらどうしようかと不安もあったのだが、毎日続けていくうちにこのやり取りをする時間が心地よく思えてきた。

直接人と話すのが苦手な私にとって、一輪の花とカードで感謝を伝えてくれる副団長さんの気遣いは、受け取るのも気が楽なのだ。

こうしてゼンが仲介してくれることで、外に出なくてはいけない億劫《おっくう》さとも無縁だし。

前世でもお客様の〝美味しい〟の声が、私にとってなによりも嬉しいご褒美だったもの。

うちの家族や使用人たちも毎日美味しい！　とは言ってくれるけれど……。そこは身内から言われるのと他人に言われるのとでは違うというか。

まあとにかく、当初の不安は杞憂《きゆう》だったようで、こうして生活を乱すこともなく穏やかに過ごせている。

ちなみに副団長さんにお菓子を届けていることは屋敷のみんなにも秘密にしている。お兄様たちに知られたら面倒なことになるに違いないもの。

知っているのは、副団長さんと話した時にあの場にいたロイドと、お父様だけだ。

たかがお菓子を渡すくらい報告することでもないかとも思ったのだが、一応私も貴族令嬢なわけだし、なにかあった時のためにもお父様には事情を伝えておくべきだと思い直した。

お父様は驚きこそしていたけれど反対する素振りはなく、『ジークとリーンに知られないようにしなさいね？』とだけ笑顔で言われた。

お兄様たちに知られると厄介なことになるだろうとの認識は、どうやら共通だったようだ。

とまあそんなわけでお父様の許可を得ることもでき、こうして毎日届けることが習慣になりつつある。

「うむ、今日の菓子は食べごたえがあったな。満足だ」

ぺろりと平らげたゼンの嘴の横には、ケーキのくずがついている。

勢いよく食べていたものねと嬉しく思いながら、ついていますよと手でそっと食べくずを取ってあげた。

「む。すまない。さて、準備はできたか?」

「はい。今日は少し重いかもしれません。気をつけてくださいね」

そう気遣ったつもりだったのだが、ゼンはむっとして、これくらいなんでもない！　とひょいとケーキの包みを持って翼を広げた。

「ではな。後ほどいつもの礼状と花を持ってくることになるだろう」

「ありがとうございます、お願いします」

そう言って手を振ると、ゼンの姿がぶわりと歪み、すっと消えていった。

「後ほど持ってくる、か。すっかり恒例になってしまったわね」

そういえばとふと思う。私は毎回御礼状とお花を頂けるのを嬉しいと思っているけれど、副団長さんの負担にはなっていないだろうか。

騎士団の〝副団長〟さんだもの、きっと忙しいよね。

お忙しいでしょうし結構ですよと言えばよいのだろうが、頂けるのが嬉しいから断りたくない気持ちもある。

「後でゼンに聞いてみようかしら。忙しいのに花やカードを毎回用意するの、面倒に思われていないかしらって」

もし面倒だ、やめたいと言われたらどうしよう。そう思うと聞きたくないような気もする。

「……こんなことで悩むなんて、変なの」

家族でも身内でもない、それほど親しくもない他人の評価は本心であることが多い。だって遠慮する必要も忖度《そんたく》する必要もないから。

そんな〝他人〟である副団長さんが、私の作るお菓子を美味しいと言ってくれている。

それが、私は嬉しい。

「……明日はなにを作ろうかしら」

今日も夕方に御礼状を持ってきてくれるだろうか。

今日のお花はなんだろう。

今日のケーキにどんな感想をくれるのか、ドキドキする。

そんな温かい気持ちを胸に、私は残りのケーキをカットするのだった。

その日の夕食時。私は視線を感じながら食事をしていた。

「おいリーンハルト、そんなにジゼルをじろじろ見るな。穴が開くだろう」

「やかましいジークハルト。おまえには関係ない、黙っていろ」

そう、視線の元はリーンお兄様だ。

数日前から様子がおかしい。いや、ある意味前々からおかしい人ではあるのだが。

いつも以上に私に強い視線を向けてくる。

なんだろう、副団長さんとのことがバレたのだろうか。

あの日、地獄の訓練とやらを終えたお兄様はフラフラと……はせず、なんでもない顔……はしてないか。なぜ俺がこんな目に！　とイライラした様子で帰ってきた。元気に。

いつもよりも少し遅くはあったが、〝地獄〟と名のつく訓練を大した苦労もなく終えたらしいお兄様に、私は普通に驚いた。

この年で隊長職に就いているのだ、かなりの腕前なのだろうとは思っていたが、もしかしたらかなり優秀なのかもしれない。

そんなリーンお兄様だが、副団長さんが私を訪ねてきたことは知らない様子だったので、私も知らんぷりをしておいた。

ロイドをはじめとする使用人たちも、余計な波風を立てるまいと、あの日のことについて誰も口にはしていない。

だが、人の口に戸は立てられないもの。ひょっとしたら侍女たちの噂話でも耳にしたか、もしくは副団長さんからなにか聞いたか……。

「ジゼル」

「はっ、はい⁉」

急に名前を呼ばれて動揺してしまう。

なにを言われるんだろう、そうドキドキしながらリーンお兄様の顔を見る。すると。

「なにかいいことでもあったのか？」

「……はい？」

予想外すぎる言葉に、面食らってしまった。

「ああ、それは俺も思っていた。最近機嫌がよさそうだな」

ジークお兄様までそんなことを言い出す。

「そのせいか、元から愛らしい顔が最近ますます一層かわいらしくなった気がするな」

かわいらしく、は気のせいだと思うが、無表情なことに定評のある私の機微に敏感なのは、本当に驚く。

そんな私を眺めながら、リーンお兄様が眉間に皺《しわ》を刻んで組んだ手を机の上にのせた。

「ジゼル、おまえまさか……」

ま、まさか？

ごくりと息を呑《の》んで続く言葉を待つ。ものすごい緊張感と共に。

「もしや、どこぞの馬の骨に恋などしてないだろうな⁉」

「なんだと⁉」

「……はい?」

これまた予想外すぎる言葉に、ジークお兄様は血相を変え、私は先ほどと同じ反応をしてしまった。

そんなわけないいじゃないか。そう言いたかったが、お兄様たちは盛り上がってしまっている。

「くっ……ついにこの時が⁉　いや、俺の天使に悪い虫がたかろうなんぞ、許せん！」

「俺の、じゃなくて俺たちの天使だ！　今まで大切に大切にしてきたのに……。デビュタントの後に婚約の申込みが大量に来ても、ジゼルは興味なさそうだったのに……。くそ、どこのどいつだ⁉」

いや、私は天使じゃなくて人間だし。羽根も生えてなければ空も飛べない。

それにどこのどいつだと言われても、そんな人存在しない。

困った、どう誤解を解いたらよいのだろう。

呆然《ぼうぜん》とする私だったが、向かいの席に座るお父様はにこにこと微笑むだけだ。

確かにここしばらく、私の機嫌は普段より少しばかりよかったのかもしれない。でも、それはただ単に家族以外の人にお菓子を褒められたからだとお父様は知っているので、特に心配していないのだろう。

しかしそんなにのほほんと夕食を食べていないで、少しくらいお兄様たちを宥《なだ》めてくれないだろうか。

不満げな私に気づいたのか、お父様がまぁまぁと声を上げた。

「落ち着きなさいふたりとも。よく考えてみなさい、ジゼルはこの家から一歩も外に出ていないんだよ？　そんなジゼルがどこの誰に恋をするっていうんだい？」

相手の男、殺す……！　と、まるで親の仇《かたき》を相手にするかのように殺気立つお兄様たちが、はっと目を見開いた。

「そ、そうだな……確かに」

「いや待て、この家の使用人という可能性も……」

「「ありえません」」

リーンお兄様の気づきに、扉の側に控えていたロイドと侍女長ミモザの声が重なった。

「坊ちゃまたちからそのような殺意を向けられると知っていてお嬢様に手を出すような、死にたがりの使用人は雇っておりません」

「侍女たちからもそのような報告はあがっておりません。女の噂話というなによりも早い情報にあがらないということは、そんな事実はないということでしょう」

ふたりの説得力のある？　言葉に、さすがのお兄様たちも冷静になったようだ。

「ふむ。ならば余計な心配だったか。ではなぜ最近そんなに機嫌がよいのだ？」

ぎくり。

誤解が解けたのはいいが、副団長さんのことを正直に言うのも難しい。どう誤魔化そうかと思案していると、お父様がははと笑った。

「なに、もうすぐ催されるおまえたちの誕生パーティーでどんな菓子を作ろうか、わくわくしているのだろうさ。菓子作りのことになると、珍しくジゼルは感情を露《あら》わにするからな」

「そ、そうなんです。新しいお菓子を考えているとわくわくしてしまって……。わー楽しみだなー」

素敵です、お父様。少々棒読みにはなってしまったが、誤魔化せただろう。

実際、誕生パーティーのことはすっかり忘れていたが、事実に近い答えだし、お兄様たちもこれでまるっと納得がいったようで、ぱあっと表情を明るくさせた。

「そうか！　ジゼルは俺たちのために新しい菓子を考えてくれていたのか！」

「客共に振る舞わねばならんのが惜しいが……。まあ少しのおこぼれくらい、仕方あるまい。なんといっても、俺たちの誕生日を祝うために、ジゼルが作ってくれるのだからな！」

……それにしても、上手いことを言ってお兄様たちを喜ばせてしまうとは、さすがお父様。お兄様たちからもすっかり疑惑の念は消えたようだ。

一安心だとふうっと息をつくが、確かにお兄様たちのパーティーのためのお菓子も考えなくてはいけない。

……そういえば、副団長さんはリーンお兄様の上司よね？　パーティーにもいらっしゃるのかしら？

もしそうなら、パーティーに出すようなお菓子、きっと期待されることだろう。

「見た目は地味でも、美味しいものを用意しないとね」

ぐっと掌《てのひら》を握りしめて、そう意気込むのだった。

夕食を終えると、入浴を済ませて部屋に戻る。侍女たちを下がらせひとりきりになると、ほっと肩の力が抜ける。

よくしてくれているみんなには申し訳ないのだが、前世の記憶が強く残っているためか、甲斐甲斐しく世話されることには未だ慣れず、落ち着かないのだ。

そうでなくとも友達は少なかったし、ひとりでいることが多かったため、誰かがいる空間というものにどうしても緊張してしまう。

一緒にいてほっとできるのは……お父様くらいだろうか。

「前世でも、店長とならふたりきりでもリラックスできていたものね。不思議だわ」

なんというか、お父様の側はすごく安心感がある。それはきっと、彼の醸し出す空気というか、人柄にあるのかもしれない。

……お兄様たちはいつも賑やかだから、安心感とはまた違ったなにかを感じている。

「そういえば、まだゼンの姿を見ていないわね。今日は来ないのかしら」

いつもなら夕食の前に御礼状のカードとお花を持って現れるのに。

この時間になっても来ないのは、初めてだ。

「……副団長さんも忙しいだろうし、仕方ないわね。来てくれるのが当たり前だなんて思っちゃいけないわね」

ご厚意で毎日用意してくださっているが、別に約束しているわけじゃないのだし。

与えられることに慣れてはいけない。

普通なら、こんな私の相手をしてくれるような暇な人ではないはずだもの。

なんだか暗い気持ちになってしまったが、気を取り直してパーティー用のお菓子でも考えよう。

もうすぐ、とはいっても、貴族とは誕生パーティーの準備にものすごく時間をかけるものので、まだ二カ月以上時間がある。

先ほど少しだけ料理長と話ができたのだが、菓子類は私に任せてもらえることになった。

もちろん作るのは彼らの手も借りなくてはいけないが、アイディアは私に出してもらいたいと言われたのだ。信頼してもらえている感じがして、とても嬉しい。

胸が温かくなるのを感じながら部屋の机につき、いつものノートとペンを取り出す。

とりあえず誕生日と聞いて思いつくお菓子の完成予想図を、そこにさらさらと描き記していく。

誕生日といえばデコレーションケーキ。クリームとフルーツたっぷりで、マジパンでかわいく仕上げるとか。

あとはひと口サイズのタルトやシュークリームなんかも素敵だ。フルーツをたくさん使って、色とりどりに飾れば、きっと見栄えもよい。

ボンボン・ショコラもいいよね。中にガナッシュやプラリネを入れたり、ウイスキーを入れたり。

オランジェットもオシャレだ。

日本の有名なショコラティエのボンボンを食べさせてもらったこともあるが、口の中でとろりととろける甘さが堪《たま》らなかった。

ああ、どうしよう。

あまり目立たないように、作るお菓子はできるだけ素朴なものだけにと抑えてきたが、こうして絵に描いてしまえば作りたくて仕方がなくなってしまう！

ああっ、悩ましい！　と机に突っ伏すと、ひらりと一枚の紙が机から落ちてしまった。

ああ、中でもよく描けた舟型のフルーツタルトだわ。

サクサクのタルト生地に、たっぷりのカスタードクリーム、そしてその上にのるのはかわいらしいフルーツの数々。

作りたいし、食べたい。

けれど、これはきっと、駄目なやつ。

「……誰かに見られる前に、片付けなきゃ。誕生パーティー用にはもっと違うお菓子を考えないと」

そう呟いた瞬間。

「見たことのない菓子だな。これは娘が考えたのか？」

耳に入ってきたのは、低音の素晴らしくいい声。

がばりと身を起こして振り向くと、そこいたのは花とカードを抱えたゼンだった。

「ほれ、主から預かったいつものやつだ。む。この絵に描かれた菓子はものすごくうまそうだな。娘、ぜひ今度はこれを作ってくれ」

あああああ……。

「ゼ、ゼン。ありがとうございます、今日は随分遅かったのですね……」

その鉤爪《かぎづめ》に握られたものを受け取りながら、青い顔をしてそう応える。

見られてしまった。いや、しかし話を逸らせばもしかして……。

「ああ、主の仕事が立て込んでいてな。して娘よ、この菓子はなんという名前の菓子なのだ？」

ダメだ。

長年生きている精霊様が相手だ、そう簡単に忘れてくれるわけがない。

「フルーツタルトです……」

そんなゼンを相手にすっとぼけることができるわけもなく、私は素直に答えた。

ああ、今日のお花はシャクヤクか。私なんかには勿体《もったい》ないくらい綺麗だ。

もうどうにでもなってしまえ、そんな気持ちでゼンの頭を撫でたのだった。


翌朝。朝食の席についた私の顔がどんよりとしていたため、お父様やお兄様たちからものすごく心配された。

パーティー用のお菓子を考えていたらつい夜更かししてしまったのだと伝えると、お兄様たちは号泣して喜びながら無理するなと言ってくれた。嘘は言っていない。

ちなみにあの後も、ゼンはその他にもたくさん描かれているお菓子の絵を見て、これはなんだ作れるのかとつついてきた。

こんなのがあったらいいなぁっていう想像で描いたのだと誤魔化してはみたが……。恐らくゼンには通用していないだろう。

副団長さんにまで話が伝わっているかもしれない。

「どうしよう……」

お父様たちを見送った後、私は自室のソファでひっそりと項垂《うなだ》れた。

気を抜いてしまった私の自業自得とはいえ、まさかこんな風にバレてしまうなんて。

副団長さんは口の軽い、周りにベラベラと広めるような方ではないとは思う。

でも、私は彼のことをよく知っているわけではない。つい一〇日ほど前に知り合っただけの人だ。

「そんな人じゃないって思いたいけど……」

信じ切れるだけの信頼関係はない。

これからどうしよう……と俯いていると、突然肩になにかが乗ったような気配がした。

「娘、なにを落ち込んでいる」

「ゼン？　ど、どうしたんですか？」

振り返れば、そこには綺麗な翼を収めて私の肩に止まるゼンがいた。

午前中に現れたのは初めてだ。

いつもは私が呼んだ時か、元々の約束の午後三時頃にしか姿を見せないのに、どうして？

「むう。悔しいが、主の言った通りかもしれぬ」

なんとなくだが、ゼンの表情が険しくなった気がする。

いや、それよりも気になるのは〝主の言った通り〟という言葉だ。

ひょっとして、私が昨日絵に描いたお菓子のことじゃ……。

「……副団長さんがなにか言っていましたか？」

恐る恐るゼンにそう聞いてみると、ゼンはひとつため息をついて口、いや嘴を開いた。

「娘、そなた恥ずかしがり屋なのだな」

「……はい？」

気の抜けた返事をする私に、ゼンはそう落ち込むなと励ましてきた。

「想像で描いた菓子の絵を見られて、恥ずかしかったのであろう？　主が言っていた。ひとりで夢中になって描いていたものをそんな風に見られたら、そりゃあ動揺するだろうと。謝ってこいと言われてな」

……いや別に謝罪はいらないのだが。

「娘は感情が顔に出ないからわかりにくいが、あの時の顔色はおかしかった」

確かにひっそりと描いていたものを見られた恥ずかしさもないことはないが、この世界にないお菓子を知っているとバレたのではと、そちらの気持ちの方が強い。

「女性は繊細なのだと主に教えられた。それなのに、あの菓子の絵を見てなんだかんだと質問責めにしてしまって、すまなかったな」

私の内心を知らないゼンは、そう言って頭《こうべ》を垂れた。

か、かわいい……！

大型の鳥の姿をしているゼンだが、ぺこりと頭を下げる姿がなんだか愛くるしい。無性に撫でたい。

でも謝ってくれているのに、無遠慮に触れたら失礼かしら……。

撫でようとする自分の手をぷるぷるさせながら必死に我慢していると、ゼンは申し訳なさそうな表情をした。

「そんな、思い出して震えるほどに恥ずかしかったのか。いやしかし、あの絵の菓子は本当にどれも美味しそうだったし、見た目も心惹《ひ》かれるものばかりだった。そのように恥じる必要はないぞ」

いや、それはちょっと違う。

あなたを撫でたい願望を必死に抑えているだけですと言って信じてもらえるかは謎だが、とりあえずゼンが悪いわけではないことだけは伝えておこう。

「頭を上げてください、ゼンが謝る必要なんてないですから。それに、美味しそうって言ってもらえて嬉しいです」

これは嘘じゃないし、言ってもいいよね。

ただ絵に描いたお菓子たちのことは忘れてもらえると嬉しいのだけれども。

「娘、そなた……」

おや？

なぜかゼンがぷるぷると震え出した。

「そなた、塩系令嬢などと呼ばれているらしいが、なんと心が広いのだ！　我が知る貴族の娘とは、我儘で自己中心的な者ばかりだ。主は女性とは繊細なものだと言っていたが、我はそう思わん。しかし娘、そなたはそんな女共とは違う」

どうやら感動で震えていたらしく、なにやら力説し始めた。

「全く奴らときたら、我を見ると硝子《ガラス》細工の鳥籠に入れて飼いたいだの、お茶会の見世物にしたいだの、無礼なことばかり申す。主との仲を取りもてなどと冗談めいたことを言う奴もいたな。ふん、我も主も、そんな女を選ぶほど目が腐ってはおらぬ！」

おおお……。

どうやら貴族のご令嬢方とは色々あったらしい。

まあゼンも副団長さんも見た目がすごくよいものね。美しいものを好む彼女たちが側に置きたいと望むのもわかる気がする。

「我と主の好きな菓子を作ってくれて、ごうつくばりでなく、程よい距離感で接してくれる、娘のような者は稀少《きしょう》だ！　頼む、昨日はとんだ無作法を働いてしまったが、これからも我らとの関わりを絶たずにいてほしい！」

そしてゼンは再び思い切り頭を下げた。

いいえ、副団長さんはともかく、意外と私はゼンと近距離で接したいと思ってますけどね？

先ほども撫でたいのを頑張って我慢したくらいだし。

「そんなにかしこまらなくても。大丈夫です、怒ってなんていませんから」

申し訳なさそうにしているゼンの体に、ここぞとばかりに触れる。

ああ、毛並み最高。ふわふわ、あったかい。

「今日もお昼からちゃんとお菓子を作ります。出来上がったら呼びますので、また取りに来てくださいね」

そしてどさくさに紛れて頭を撫でる。

ああ、かわいい。ずっと撫でていられる。

内心でほわほわとしつつも顔は無表情の私に、それでもゼンはありがとうとお礼を言ってくれた。

よしよし、このままあの絵のお菓子のことについては触れずにいこう。

そんなことを考えていると、私と仲直りができたとほっとしたらしいゼンが、嘴を開いた。

「うむ！　ならば今日の菓子はあの〝ふるーつたると〟とやらを所望する！　作れると言っていたであろう？」

「……あ、はい、ワカリマシタ」

だめだった。

こうしてお菓子の絵について誤魔化そうとするものの撃沈。結局作る羽目になってしまったのだが……。

まあでもゼンとちょっぴり仲よくなれた気がするので、一品くらいなら仕方ないか……と深く考えるのをやめたのだった。


そうして一旦ゼンとは別れ、庭の野菜の手入れをするザックさんを手伝ったり執務をこなしたり、普段と同じようにして午前中を過ごす。

使用人たちとの昼食を終え、いよいよお菓子作りの時間となった。

「ジゼルお嬢様？　今日は私の隣で作らないのですか？」

「え、ええと……。きょ、今日は思いついたお菓子を試してみたくて。失敗すると恥ずかしいから、少し離れたところでこっそりやらせて！」

不思議そうに首を傾げる料理長と、私はしどろもどろに適当な理由をつけて距離をとる。

いつものように並んで作るのはさすがにちょっと。

普段作っているような素朴なお菓子とはやっぱり違うし、そんなものを見たら料理長が黙っているはずがない。

みんなのお昼のおやつは同じような材料で別に作って、フルーツタルトは副団長さんとゼンの分だけにしよう。

……あと、私の分も。私だって食べたいもの。

なにを隠そう、私はお菓子を作るのも好きだが、食べるのも大好きなのだ。

ゼンや副団長さんのこと、言えないわね。ふたりの輝いた顔を想像して、くすっと笑う。不思議。

ついこの前までは、家族や使用人のみんなの笑顔しか思い浮かばなかったのに。

今までの家庭的で素朴なお菓子だって、ひとつひとつ心を込めて作ってきた。目立たない程度に、みんなが少し考えれば思いつく程度に工夫して。

でも、本当は時間も手間もかけて、前世で身につけた技術も知識も、思いついた新しいことも、惜しみなく使ってお菓子を作ってみたかった。

ゼンにあのノートを見られて、どうしようって思ったのは本当だけれど。

心のどこかで、こうして作ることができることを喜んでいる私もいる。

「せっかくの機会だもの、ふたりに喜んでもらえるように、一生懸命楽しんで作ろう」

『君のそのお菓子作りが好きだって気持ちを込めて、楽しんで作るといいよ。それがきっとお菓子にも表れる。そして食べた人を笑顔にしてくれるはずだ』

恩人である、パティスリーの店長の言葉が蘇《よみがえ》る。

あの優しい笑顔に会える日はもう来ないけれど。

『ジゼル嬢の作る菓子は優しい甘さで、私はとても好きだ』

流麗な文字で書かれた御礼状の言葉を思い出す。

きっと副団長さんも、私のお菓子を食べて笑顔になってくれたはず。

ゼンだって、鳥の姿だから笑っているかどうかはよくわからないけれど、あんなに夢中になって食べてくれているのだもの。もしゼンが人の姿だったら、笑顔を見ることができたかもしれない。

そんな、私の作るお菓子で新しい笑顔に出会えることを嬉しいと、感じてしまった。

胸の真ん中あたりがぽおっと温かくなる。私にこんな機会をくれたゼンと副団長さんに、感謝の気持ちを込めて。

「まずはタルト台、パートシュクレからね」

室温に戻したバターをヘラでふんわりとした柔らかさになるまで練る。そうしてダマが残らなくなったら、砂糖を加えて混ぜる。

大切なのは、急ぎすぎずそれぞれの材料がよく混ざるよう、しっかりと丁寧に混ぜること。馴染んだら溶きほぐした卵を少しずつ加えていく。バターと卵の水分は混ざりにくいので、慌てずゆっくり、少しずつ。

クリーム状になったら薄力粉とアーモンドプードルを入れて、ここからはさっくりと、粉気がなくなる程度に混ぜる。

混ぜすぎるとグルテンが出てしまうので気をつけて。

——ああ、楽しい。

感情を表に出すのが苦手で人との関わりが下手な私だけれど、こうやってお菓子と向き合うのは好きだ。

生地の状態をよく見て、力加減を、タイミングをよく見計らって。

心を込めていれば、必ず応えてくれる。

「美味しくなってね。みんなを笑顔にしてくれる、ほっと心を癒やしてくれるタルトに仕上げるから」

ほろほろと崩れるサクサクの、ほのかに甘いパートシュクレになるように。

◆

そんなジゼルの様子を、遠目で料理長は微笑ましく見つめていた。

試したいことがあるから、失敗すると恥ずかしいからこっそりやらせてというジゼルの気持ちは理解できた。

表情には表れないが、実は優しくて恥ずかしがり屋なところがあるお嬢様だ、そっと見守ってやろう、そう思った。

いつもお菓子を作るジゼルは楽しそうだった。

普段あまり変わらない表情が少しだけ動く。それくらいに作ることが好きなのだろうと思っていた。

けれど同時に、どこか物足りなさも見受けられた。

それは、同じ料理人である彼だから気づけたのかもしれない。

これだけじゃない、もっとやりたいことがある。挑戦してみたいことがある、そんな気持ちがあるのではないかと、なんとなくではあるが思っていた。

けれど、今日のお菓子を作るジゼルはいつもと少し違う。

ただ混ぜているだけなのに、材料を加える様子も、ヘラの扱いも、丁寧で材料に合わせて変えている。

表情も、真剣だったり、柔らかかったり、楽しそうだったり。

（ああ、きっと今までのお嬢様は、なにかを抑えていたんだ）

それを今は抑え込まずに、やりたいことをやって楽しんでいる。伊達にジゼルが幼い頃から何年も隣り合って料理をしてきていない。

台の上に乗ってもまだ調理台までの高さが足りなかった頃から、ずっとその姿を見てきた。

その一見冷たく感じる表情と言葉の中には、拙いながらにも自分の気持ちを伝えようとする不器用さがあるのだと気づいてから、料理長はジゼルのことをまるで娘の成長を応援するような気持ちで見守ってきた。

「さて、今日の菓子は恐らく今までとは比べものにならないくらいの素晴らしい出来になりそうだな」

魔法まで普段よりもふんだんに使って、さてなにを作っているのやら。

幼いご令嬢に膝を折った、あの日の懐かしい光景が思い出される。

「ひと口でいいから、味見させてはくれんだろうか」

湧き上がる料理人としての興味を隠しきれず、料理長はぽつりとそう呟いたのだった。

◆
◆
◆

魔法で作った氷室で完成した生地を寝かせておき、その後型に敷き詰める。ちなみにタルト型は先ほど私が魔法で作った。

タルトというお菓子自体がこの世界にはないので、昔作ってもらったマフィン型を魔法で変形させ、舟型の周りが波状になっているあの形を再現させた。

先ほどのアーモンドプードルも魔法でアーモンドを粉状にしたし、この氷室も魔法で冷蔵・冷凍の両方が可能にしてある。

本当に魔法というものは便利だ。

そして冷凍ができるということは……氷菓子なんかも作れるっていうことなのよね。

いつか作ってみたいものだと思いながら氷室の扉を閉める。

そして次にタルト台の上に敷き詰めるダマンド。同じく室温に戻したバターと、粉糖、卵、アーモンドプードルを順に混ぜていく。

こちらも氷室で寝かせ、いよいよカスタードクリーム作りに入る。

卵黄と砂糖をしっかり混ぜ、薄力粉を加えた後はさっと軽く混ぜる。それから沸騰直前まで温めた牛乳を少しずつ加えていく。

ここでバニラオイルも……と言いたいところだが、今のところこの世界でそんなものを見たことがないので、残念ながらなしだ。

さてここからが山場、クリームを鍋にかけていく。

絶えずヘラでかき混ぜながら、その状態の変化を見極めていかなくてはならない。

沸いてくるまではゆっくり、とろりとヘラに重みを感じてきたら混ぜる手のスピードを上げる。あっという間に固まっていくが、焦らず手早く混ぜていけばなめらかになっていく。

表面に大きめの気泡ができてきたらあと少し。

「仕事の疲れも吹っ飛ぶくらい、美味しいクリームになってね」

こちらのクリームにも、いつものように食べる人の癒やしになりますようにと心を込めて混ぜる。もったりとして、クリームをヘラでとって落とすと筋ができるくらいになれば完成だ。

味見にとスプーンでクリームをすくってひと口食べてみる。

「ん、美味しい。久しぶりにしては上出来だわ」

出来たてのカスタードクリームを魔法で急速に冷やし、こちらも氷室へ。

久々にかなり集中して作ったから、少し疲れたかも。

はっきり言って、タルトは意外と作るのに時間がかかるお菓子だ。

しかしこうして手間をかけて作っていく工程が、私はとても好きだった。

ちらりと時計を見れば、その針は午後二時を指していた。

作り始めたのが一時前、あと一時間は生地を寝かせたいところだ。

先に屋敷のみんなの分のお菓子を作って、それからタルトを焼こう。

頭の中で計算し、まずはフルーツをたくさんひと口サイズにカットしていく。

種類が多いほどカラフルで見た目にも鮮やかだし、口に入れるたびに味が変わって食べるのも楽しくなる。

そうしてたくさんのフルーツをカットし終えたら、料理長たちにお願いして焼いてもらっておいたクロワッサンに切り込みを入れていく。

そして多めに作っておいたカスタードクリームを氷室から半分ほど取り出し、クロワッサンの中に詰めていく。

クロワッサン・ア・ラ・クレームだ。

これだけでも美味しいが、せっかくだからみんなの分にもフルーツを。

カスタードだけでなくホイップクリームと二層にしても美味しいんだけどね、あまり豪華にすると差し障るのでこれくらいにしておく。

ひとつひとつ詰めていると、控えめに近づいてきた料理長が私の手の中のクロワッサンを見て目を輝かせた。

「ほほう！　新しい菓子とはこれのことですか？　む、これは見た目もかわいらしくて美味しそうだ。お坊ちゃまたちの誕生パーティーにぴったりですな！」

「あ、ええ。試作品だから、料理長も後で休憩中に食べて感想聞かせてね」

誕生パーティーのお菓子のことをすっかり忘れていた。

しかも本命はこれではないとさすがに言えず、誤魔化すように答えたのだが、納得したように料理長は片付けへと戻っていった。

ふう、どうやら怪しまれてはいないようだ。

少々申し訳ない気持ちにはなるが、仕方がない。

最後のクロワッサンにクリームとフルーツを詰め終わると、丁度料理長も片付けを終えたようだったので、出来たてのクロワッサン・ア・ラ・クレームを手渡す。

休憩室でみんなで食べてねと伝えると、満面の笑みを向けられた。みんなの口に合うといいいな。

ごゆっくり、と調理場を去る料理長を見送り、さて、と氷室の扉を開く。

「うん、生地はこんなものかな」

休ませておいた生地を取り出し、麺棒で三ミリほどの厚さにのばす。

そして例の舟型の型に敷き詰め、飛び出た縁はペティナイフで落とす。

全ての型に詰め終わったら、フォークでピケしていく。

ここに先ほどのダマンドを入れて焼くのだが、ダマンドにカスタードクリームを加えて混ぜるとびっくりするくらい美味しくなる。

このひと手間が、ってやつね。

そうして混ぜたダマンドを平らにならしてから焼いて、あとはカスタードクリームとフルーツで飾るだけ。

片付けをしている間にも生地は焼き上がり、ここから完全に冷やさないといけない。普通なら時間がかかるところだが、これも魔法を使えば一瞬。

料理くらいにしか普段は使わないけれど……遺伝的に魔法が割と得意な私は、遠慮なく使って楽をしている。

「よし、じゃあ最後の仕上げね」

手製の絞り袋にカスタードクリームを入れ、十分に冷めたタルト台に絞っていき、フルーツで飾る。

色とりどりのフルーツが、まるで宝石のようだ。

艶出し用のナパージュがあればもっと見た目も鮮やかになるのだが……こちらも今までこの世界で見たことがないため、残念ながら断念した。

多少妥協してしまったところはあるけれど……。でも、とっても楽しかった。

「完成ね。ふふ、ゼンの驚く顔が見られるといいのだけれど」

それと美味しいという言葉ももらえたら嬉しい。やっぱり食べてくれる人のその言葉が、なによりのご褒美だから。

「……副団長さんも、気に入ってくれるといいな」

いつも送ってくれる御礼状には、どんなことを書いてくれるだろう。

もらえることを期待してしまうのは図々しいと思うが、きっと礼儀正しい彼はその期待に応えてくれるような気がする。

「変ね。まだ一度しか会ったことがない人なのに。でも、なんとなくそう思っちゃうのよね」

そんな副団長さんの、最初のひと口を食べた時の顔が見たい気もするなと、そんなことを思いながらラッピングを施すのであった。


ラッピングを終え自室に戻り、誰もいないことを確認してゼンの名前を呼ぶと、いつものように鮮やかな色の羽根を羽ばたかせてゼンが現れた。

「娘、今日は随分と時間がかかったな。……なんだその随分とかわいらしい箱と包みは。

我らは年頃の娘ではないぞ」

「あ、その。せっかく上手くできたので、少しでも美味しそうに見えるといいなと思いまして」

ジト目のゼンに、慌ててそう返す。

確かに男性ふたり（ひとりと一羽？）への贈り物にしてはかわいすぎたかもしれない。

タルトはひとつひとつレースペーパーの上にのせてあるし、崩れないように魔法をかけたとはいえ、運ぶ時に固定されるようにとオシャレな箱に入れた。

そうしたらリボンなどにも凝りたくなって、ついつい女性への贈り物風になってしまったのだ。

「まあ別に構わんが……。むっ、これは……！」

ゼンは器用に鉤爪でリボンをほどき箱を開けると、中に入っていたフルーツタルトを見て目を見開いた。

「これが昨日ゼンが見た絵のお菓子、フルーツタルトです。遅くなってしまってごめんなさい、実は結構手間のかかるお菓子なんですよ」

フルーツタルトを前に固まってしまったゼンに、そう言葉をかけてみる。

一拍おいても反応のないゼンに、どうしたのだろうと目の前で手を振ってみると、はっと我に返り、私の方を振り向いた。

「娘、これを我が食べてもよいのか⁉」

そして、その目をかつてないほどにキラキラと輝かせてそう言った。

「え？　ええ、それはもちろん……。ゼンと副団長さんのために作ったのですもの」

いや、正確に言えば私自身のためでもある。ずっと作りたかったし食べたかったのだから。

「あ、お茶でも淹《い》れましょうか？　よかったら私もご一緒しても……あ」

折角ならゼンと一緒に美味しいお茶とともに食べたい。そう思ったのだが、よく考えたらゼンは精霊とはいえ鳥の姿をしている。カップに注がれたお茶を飲むことができるのかわからない。

途切れてしまった私の言葉に、ああと気づいたゼンは、気にするなと言ってくれた。

「姿を変えれば問題ない」

そしてくるりと部屋の天井を旋回すると、ポンという軽い音がしてゼンの姿が煙のようなものに包まれた。

そしてなんと、人間の男性が天井から落ちてきた。

「ふん、この姿は少々不便だが、うまい菓子と茶を馳走《ちそう》になれるのならば我慢しよう。娘、用意を頼む」

軽やかに着地した男性は、赤い長髪に琥珀《こはく》色の瞳、きりりとした顔立ちの二〇代半ばくらいの美青年だった。

突然のことにあんぐりと口を開けて驚いてしまったが、この人、もしかして……。

「ひょっとして、ゼン？」

「ああ、人型になれば茶も飲めるぞ。早く淹れてくれ」

そう言うとゼンは優雅な所作でソファに腰掛けた。

色々と驚きはしたが、魔法や精霊の存在するファンタジーな世界で精霊が姿を変えるくらい、不思議でもなんでもない気もする。

見慣れない姿ではあるが話し方は変わらないし、いつも通り接することができるかしら。

戸惑いつつもそう気を取り直して、自室に常備してあるティーセットを使って丁寧にお茶を淹れ、フルーツタルトをお皿にのせた。

「お待たせしました。どうぞ召し上がってください」

テーブルにタルトとお茶を置くと、すぐにゼンはフォークを持ってタルトに手を伸ばした。

ゼンは綺麗にひと口サイズにタルトを切り、口の中に入れると、目に見えてその表情を綻ばせた。

「うまい。今までの菓子も見事だったが、これは中でも群を抜いている」

「よかったです。そう言ってもらえると、手間をかけて作った甲斐があります」

ぱくぱくと次々とタルトを口に運ぶ姿に、ほっとする。

鳥の姿の時よりも表情の変化がわかりやすいわね。

大の大人の男性（精霊だけど）……に向かってこんなことを思うのは失礼かもしれないが、ちょっとかわいい。

そんなゼンの姿に癒やされつつ、私もタルトをひと口頰張る。うん、フルーツの甘みが際立っていて美味しい。

ああでもクリームはやっぱり生クリームと混ぜた方がよかったかしら。タルト台ももう少し焼いてもよかったかもね。

久しぶりにしては上出来とは言ったものの、やはり改善の余地はある。もぐもぐとその味を嚙《か》みしめながら頭の中でそんなことを考える。

けれど、お茶は完璧ね。フルーツタルトにもよく合う、上品な味わいだ。

「娘は菓子のことになると心が顔に表れるのだな」

こくりとお茶を飲んだところで、ゼンにじっと見つめられていることに気づいた。

「⁉　あ、ごめんなさい、タルトのことでもっと美味しく作れたかなぁと色々と考えてしまいました……」

考え込むと周りが見えなくなってしまう、悪い癖だ。

しまったと慌ててゼンの方を見ると、もうすでにお皿もカップも空だ。どうやら満足してくれたみたい。

「ふむ。我にとってみれば十分美味であったが。娘は向上心が高いな。それに、菓子作りが相当好きなのであろう」

「そうでしょうか……。でも、今日のタルトを作るのは、本当に楽しかったです。ゼンのおかげです、ありがとうございました」

ぺこりと軽く頭を下げる。笑うのは苦手だけれど、なんとなく自然に笑ってお礼を言えた気がした。

人付き合いは苦手だけれど、ゼンが鳥の姿をした精霊だと知っているからか、人型《この姿》でも気まずさを感じずにいられる。

「ほう、やはり菓子が絡むと表情が豊かになるようだ。ふむ、よいことを知った」

ゼンが私の顔をまじまじと見つめながらそんなことを言う。

そういえば先ほども似たようなことを言っていたが、自分ではあまり自覚がない。

私、ちゃんと笑えていたのだろうか？

「さて、そろそろ我は主の元へと菓子を届けよう。主も首を長くして待っているだろうからな。娘、馳走になった」

そっか、副団長さんも楽しみに待っていてくれているのだろうか。

それはちょっと嬉しい……けど、ずっと気になっていたことを最後にひとつだけ、ゼンに伝えておきたい。

「あの、ゼン。今更ですけど、私のこと、名前で呼んではくれませんか？　さすがにその

〝娘〟っていうのは味気ないといいますか……」

私はゼンのことを名前で呼んでいるわけだし、ちょっと仲よくなってきたとも思うので、これくらい言っても図々しくないかしら。

ドキドキしながら答えを待つと、意外にもゼンはあっさりと承諾してくれた。

「そうか？　主はあまりそういうことにこだわらないのでわからないが。まあ、そう言うのであれば、これからはジゼルと呼ぼうか。ではな、ジゼル。またあのノートに描いていた他の菓子も作ってくれ！」

やった、早速名前で呼んでくれた。喜ぶ私だったが、ゼンはそう言うと残りの自分用と副団長さん用の菓子箱を持ってさっさと消えてしまった。

「行っちゃった。……というか、他のお菓子も作ることになっているのかしら？」

どうしようと思う気持ちと、わくわくする気持ちと。

そんな真逆の複雑な思いを抱えながら、ふうっと息をつく。

「それにしてもゼンってば、あんなイケメンさんだったのね」

副団長さんとふたり並んだら、それはもう女性の目を惹くだろう。

先ほどまで目の前にいた美青年と、記憶の中の副団長さんが綺麗な女性たちに囲まれる姿を思い浮かべる。副団長さんはともかく、ゼンはすごく嫌がりそうだなと想像して、ぷっと笑みが零れるのであった。

第四章 再会は転機!?

「主、そのジゼルの作った菓子、食べないのならば我にくれ」

「食べないいんじゃない、最後のひとつを食べてしまうのが勿体なくてとっておいてあるんだ！　おまえにはやらん！」

ジゼルからフルーツタルトを差し入れてもらってから三日、ユリウスとゼンはこんなやり取りをしていた。

最後のひとつ、とはあのフルーツタルトのことである。

ジゼルはユリウス用にと、フルーツタルトを六つ菓子箱に入れてゼンに言付けた。

『ゼンと仲よく食べてくださいね』とのメッセージを添えて。

「〝仲よく〟とジゼルからの文《ふみ》にも書いてあったであろう。食えないのであれば、それこそ勿体ない。そのままだと腐ってしまうぞ」

「魔術師団に行って時間停止の魔法をかけてもらったから大丈夫なんだよ。というかゼン、おまえいつの間にジゼル嬢を名前で呼ぶようになったんだ!?　彼女から許可は得たのか!!?」

「ああ、むしろ向こうの方から名前で呼んでほしいと言われたのだ。断る理由もないからな、ジゼルと呼んでいる」

「ムカー!!」

普段の紳士然としたユリウスからは想像がつかないほどに子どもじみた発言を繰り出し、ゼンと幼稚な言い合いを繰り広げている。

しかしその実、これが彼の素の姿でもあった。

「副団長、使い魔との喧嘩はそれまでに。そんなことよりも、いい加減その書類の山を片付けてください」

そんなふたりの間に割って入ったのは、薄茶色の髪を高い位置で結わえた、ユリウス付き騎士のエリザ・フランツェンだ。

ジゼルの双子の兄と同じ二一歳と若いが、四人の弟を持つ長女であるため、面倒見がよくしっかりしたお姉さんという雰囲気だ。

深緑色の瞳には意志の強さが感じられ、こうして上官であるユリウスにも臆することなくはっきり意見を言う。

秘書としての能力も高く、その上剣の腕前もなかなかのもので、ユリウス付きの優秀な女性騎士として名を馳《は》せていた。

「そんなことよりもとはなんだエリザ！　この件は私にとってとても重要なことなのだ！」

——上司のこんな発言にも顔を顰《しか》めることなく、冷静に対応することができるほどに。

しかしそれは表向きであって、エリザは男兄弟の中で揉まれてきただけあって、心の中では口汚く罵っているのだった。

いい年をした男の菓子事情なんてどうでもいい。しかも高度な時間停止魔法まで魔術師に使わせて、なにやってんだあんたは。

今日もエリザは胸中でそう毒づいていた。

「エリザも食べてみたらわかる！　ジゼル嬢の作る菓子のすごさが!!」

「じゃあ下さいよ、最後のひとつ」

「断る！」

ふざけるな、このクソ上司。エリザはまた心の中で悪口を言った。

「……もう、わかりましたから。手さえキチンと動かしてくだされば文句は言いませんので、お願いします」

はあっと深いため息を零し、エリザは追加の書類を山の頂にのせる。

その様子を見て、ゼンはユリウスをからかうように笑った。

「主、無理はするな。我がジゼルに言付けてやろう。〝主は多忙ゆえ、しばらく礼状もしたためられん。なれば菓子もしばらく遠慮しよう〟とな。ああ、我は書類仕事は手伝えんからな、我だけで行ってジゼルと茶でもしてこようか」

「そんなこと許すと思っているのか馬鹿鳥！　ちゃっかり茶飲み友達になっているじゃないかこの野郎！」

「副団長、ペンを持つ手は止めないでください」

しょうもない主従の喧嘩を止めることはしないが、仕事の手を止めることを許さない。

エリザはそうすることに決めたらしかった。

それにしても……とエリザは思う。

こんなにも気難しい精霊のゼンをも懐かせている、菓子の作り手、ジゼルとは一体何者なのだろう。

当然ながらその菓子を口にしたことはないが、今まで目にしたことのない菓子ばかりで、とても美味しそうに食べる一人と一羽の姿に、気にはなっていた。

「ジゼルという名前……塩系令嬢と有名なシュタイン家のご令嬢なら聞いたことはあるけれど……。まさかね、城下町の菓子屋にでも勤めている人でしょうね」

とりあえず菓子好きの副団長の集中力を維持するために、王宮の料理人たちにお菓子をお願いしに行こうかしらと、エリザはため息を零すのだった。

◆
◆
◆

副団長さんとゼンにフルーツタルトを作ってから三日。

ゼンからの要望通りにあのノートのお菓子を素直に作るのはさすがに躊躇われたため、ここの三日は比較的手軽に作ることができるお菓子を渡していた。

でも、副団長さんもタルトは思っていた以上に気に入ってくれたらしく、感激した！　勿体なくて最後のひとつを食べられずにいる！　との御礼状が届いた。……さすがに腐ってしまうし、もう食べたわよね？

しかし気になるのは、その御礼状が届く時間。日に日に遅くなっていくのだが、やはり忙しいのではないだろうか。

律儀な副団長さんは毎日届けてくれるが、負担になるのならばお菓子を受け取ってくれるだけでいいと伝えるべきだろう。

「今日こそはゼンに言わないとね」

うだうだと悩んで今まで言えずにきたが、相手は国を守る騎士団を纏める立場の、お忙しい方だ。

貴族令嬢とはいえ、これ以上引きこもりの小娘に時間を割いてもらうのはやはり忍びない。

寂しいと感じてしまう気持ちに蓋をして、今日のお菓子はなににしようかしらと気持ちを切り替えるのだった。

少しもやもやしながらも、いつも通り家の仕事をこなし、お菓子作りの時間になった。

結局作るものを決められずにおり、悩んだ末にこの前の御礼状にカスタードクリームがとても美味しかったと書かれていたのを思い出し、カスタードを使ったマドレーヌを作ることにした。

最初にリーンお兄様から奪……こほん、最初に私のお菓子を気に入ってくれたのもマドレーヌだったし、きっと好きな味のはず。

感想をもらえないかもしれないのは残念だが、仕方がない。せめて美味しいと食べてくれる顔が見られたらいいのになと思いながら、無理な話だけれどねと苦笑する。

前回と同じ手順でカスタードクリームを作り、マドレーヌの生地の間にクリームを挟むようにして型に敷き詰めていく。

忙しい仕事の合間に、これを食べてほっと息をつく時間を持ってもらえたらいいな。無理して体を壊さないように、適度に休憩を挟んで頑張ってもらえたら。

……なんか思考がお母さんみたいかも？　いや、一度しか会ったことのない相手にこんなことを言うつもりはないが、思うだけなら自由だものね。

やれやれと自分のお節介さに呆《あき》れながら、オーブンの中にマドレーヌ生地を入れる。

「美味しく焼けますように」

そう呟きながら、半月前の一度しか会っていない、もうおぼろげになりかけている副団長さんの姿を思い浮かべるのだった。

「む、今日はまどれーぬか。初めて会った日に主が食べていた菓子だな。我もあの時ひと口だけもらったが、なかなかに美味であった」

上手く焼き上がったマドレーヌを冷まし、簡単にラッピングした後、私はいつものようにゼンを呼んだ。

だが三日前までとは違って、あれからゼンは人型の姿で現れるようになった。

「正解です。ですが今日のマドレーヌはこの前とは少し違うんですよ？」

カップにお茶を注ぎながらそう答える。

そう、あの日以来ゼンはここでお茶とともにお菓子をひとつ味見してから副団長さんの元へ届けるようになったのだ。

ソファに掛けたゼンの前にお茶とマドレーヌを置くと、ゼンは満足げに頷いた。

「それは楽しみだな。うむ、今日もうまそうな匂いがする。ジゼルは菓子を作るだけでなく、茶を淹れるのも上手いからな。我はこの時間が気に入っている」

そしてマドレーヌをひと口頬張ると、カスタードクリーム入りだとすぐに見抜き、とろりとした食感に舌鼓を打ち微笑んだ。

「あの〝ふるーつたると〟という菓子は格別に美味であったが、我はこれも好きだぞ」

「よかったです。ゼンにそう言ってもらえると、すごく嬉しいです」

そうよね、副団長さんからの御礼状がなくても、こうしてゼンの喜ぶ顔は見ることができる。

これから毎日こうやってお茶に付き合ってくれるのかしら。だったら、嬉しいな。

「……ジゼル、なにか悩み事か？　表情からはあまり読めんが、声のトーンが落ちている気がする」

なんと、無表情が常である私の表情の変化に気づいてくれるとは、ゼンはすごく人の機微に敏感なようだ。

この考えの読めない顔のおかげで、感情はおろか、体調が悪くてもあまり気づいてもらえないのに。そう、誤解され続けて今の引きこもりの私がいる。

そんな私のしぼんだ気持ちに気づいてくれたことを嬉しく思いながらも、やはり心の中のもやもやはなくならない。

「いえ、そういうわけではないのですが……」

やはり自分の心の中に寂しいという気持ちがあるのだなと思いながらも、御礼状を遠慮しようと思う旨をゼンに話していく。

「――ふむ、確かに主は最近多忙を極めている。文を書く時間があるなら休んでほしいというジゼルの気持ちはありがたいだろう」

「やっぱりそうなのですね。あの、食べてくれるだけで嬉しいので、私などに時間を使わないでくださいと伝えてくれますか？」

ゼンにそうお願いすると、なぜだかははは！　と笑われてしまった。

「半ば無理矢理ジゼルに菓子作りを頼んだのは主なのに、食べてくれるだけで嬉しいとは不思議なことを言う」

「……最初はちょっと戸惑いがありましたが、心から喜んでくださっているのがすぐにわかりましたから。それに、友達のいない私にとって、副団長さんとゼンの〝美味しい〟という言葉が、本当に嬉しいんです」

引きこもりであることを強調するようで少し恥ずかしいが、この際仕方がない。副団長さんに無理をさせてはいけないもの。

「なるほどな。しかしジゼル、それならば主から菓子についての感想がもらえないのは、そなたにとっては悲しいことではないのか？」

「……そんなの、私のちっぽけな我儘です。重要な責務に就いている副団長さんの貴重なお時間には代えられません」

ゼンの言葉を否定することはできず、そう返すのが精いっぱいだった。

そう、こんな風に寂しいと思ってしまう気持ちは、ただの我儘だ。小さい子どもじゃないのだから、これくらいのこと、ちゃんと我慢しないと。

「あいわかった。ならばこうしよう」

俯きながらもそう答える私に、ゼンはぐいっとお茶を飲み干すと、カップを置いてふっと鼻で笑った。

「いつもうまい菓子を馳走になっているからな。主にとっても衝撃的な話であろうから、ここは我が一肌脱ごうではないか」

そう言うゼンの微笑みは、ちょっぴりどきっとするくらい色気たっぷりなのに、どこか楽しげで。さっぱり意味がわからなかった私は、ただ首を傾げるのだった。

◆

「ああああぁ！　ゼンの奴、遅くはないか!?　くそ！　あいつ、書類仕事の時は出番がないからとジゼルのところでのんびりしやがって！」

「落ち着いてください副団長、手が止まっていますよ。ほら、食堂の料理人に頼んでお菓子を作ってもらってきたんですから、ちゃんと働いてください」

その頃、ユリウスはエリザにせっつかれながら執務机に向かっていた。

料理人に作ってもらったという丸い菓子に、ユリウスはちらりと目を向けたが、なんの魅力も感じなかった。

エリザが気を利かせてくれたのだろうが、俺が食べたいのはこの菓子じゃない。

もっと俺を気遣うような優しい味がして、信じられないくらい美味しい、食べると元気が出るジゼルの作った菓子だ。

「これじゃない、これじゃないんだ……。早く、早く帰ってこい、ゼン……」

しくしくと泣き出す上司に、さすがのエリザも表情に出てしまうくらいにイラッとした。

全く、なんだというのか。

確かにこの上司がとてつもない甘党であることも、それをできるだけ隠そうとしていることも知っている。だから今までも激務が続く時は、今日のようにこっそりと料理人に頼んでお菓子を用意してもらっていた。

それを口にしながら、今まではなんとか乗り越えていたのに……。

ここ半月ほど、ユリウスの使い魔であるゼンがどこからか菓子を運んでくるようになった。

そしてその菓子を口にするようになってから、ユリウスは驚異的な体力で書類仕事をこなすようになった。

しかしそれがいけなかった。そんなユリウスの働きぶりに目をつけた騎士団長が、ユリウスに書類仕事を押しつけ……いや、任せるようになったのだ。

当然仕事が爆発的に増え、彼の執務机には山のように書類が積まれるようになった。

ユリウスのせいではない、机に向かうのが性に合わないとほざく団長が悪いのだ。

そうは思うが、この騎士団には絶対的な上下関係が存在する。そう、騎士団長の命に逆らえる者など、この騎士団内にはいないのだ。

「きっとそろそろお戻りになりますよ。ほら、とりあえずこのお菓子を召し上がってください」

今のユリウスの状況を考えて少し不憫になったエリザは、執務机に菓子ののった皿を置いた。

なんの変哲もない、ただ小麦粉と砂糖と卵を混ぜて焼いただけのパサパサした菓子だ。

それを仕方なくひと口かじったユリウスだったが、美味しくない……と項垂れてしまった。

「ジゼルの菓子が食べたい……」

そしてまたしくしく泣き始めた。

一体この状況はなんなんだ。私にどうしろというのか。

このユリウスの執着ぶり、そのジゼルとかいう女性が作った菓子には、なにか秘密があるのだろうか。

しかしユリウスのこの様子、毒物の中毒症状のようではないか？　まさかとは思うが、しかし最悪その可能性も考えて……。

そうエリザが考えた時、突然頭上からふたつの声が降ってきた。

「主、待たせたな」

「きゃあっ！」

そしてとんでもなく綺麗な女性を腕に抱いた人型のゼンが見事に着地したのを、エリザは驚きの表情で見つめるのであった。


「着いたぞ、ジゼル」

「ゼ、ゼン……。お願いですから移動先は地上にしていただけませんか？」

瞬間移動してくれるのはありがたいが、空中にいきなり飛ばされるのは心臓に悪い。しかもお姫様抱っこで。

まさか自分が〝お姫様抱っこ〟などという単語を使う日が来るとは。

まあそのおかげでこうして無事に着地できたので、文句は言えないのだが……。あまりに驚いて、思わず叫んでしまった。

「ジゼル嬢⁉」

ゼンの腕の中でほうっと息をつくと、驚いたように名前を呼ばれた。

はっとして振り向くと、そこには焦った顔の副団長さんがいた。

あ、挨拶しなければ……！

「あ、っと……先触れもなく突然押しかけて申し訳ありません。ゼン、ありがとうございます、下ろしてください」

ゼンがゆっくりと私の体を下ろしてくれて、やっと地面に足をつくことができた。

「その、お忙しい副団長さんに毎回御礼状を頂くのは申し訳ないとゼンに相談したところ、ならば一緒に来ればよいと言われまして……。こうして参上した次第です」

どう説明してよいのかわからず、ガチガチに硬い言葉遣いになってしまった。

と、とりあえず事実は伝えたのだし、どうぞとカスタード入りマドレーヌの入った包みを差し出す。

しかしすぐに受け取ってはもらえず、副団長さんはあんぐりと口を開けて固まっている。

半月ぶりに会った彼を見て、薄れた記憶の中の副団長さんはああこんな顔だったなと思いつつも、やはり疲れた顔をしているなと心配になる。

しかし、少しやつれた様子がまた彼の美貌を引き立てているようにも思い、美形とはすごいなと感嘆してしまった。

だがいつまで固まっているのだろう？

ここは私からもう一度声をかけた方がよいのだろうか？

だがまだ会って二回目なのに、馴れ馴れしくはないだろうか？

うう、コミュニケーション能力が皆無な私には難しい問題だ。

「はぁ、全く……。おい主よ、受け取らぬのならば我が全部もらうぞ？」

「はっ！　そうはいくか馬鹿者！」

ひとりでぐるぐると考え込む私の様子を見て気を利かせてくれたゼンがそう言うと、副団長さんはひったくるようにして私の手から包みを取った。

「きゃ……」

と、あまりの勢いに私の体が引っ張られてバランスを崩してしまった。

まずい、転ぶ。そう思った瞬間。

「大丈夫かジゼル。主よ、力加減には気をつけぬとジゼルが怪我をするぞ」

なんとゼンが私を受け止めてくれた。

突然至近距離に現れたゼンの顔に驚きはしたが、助かった。ゼンにありがとうございますとお礼を言って自分の足で立つと、真っ青な顔をした副団長さんが謝ってきた。

「す、すまないジゼル嬢。怪我はないか?」

「いえ、大丈夫です。気にしないでください、私も油断しておりましたので」

「……ジゼルよ、その無表情だと、気にしなくてよいと思っているようには全く思えんぞ」

びっくりしたのと申し訳ない気持ちとが相まって、どうやら私の表情筋は今日も全く仕事をしてくれていないようだ。ああ、こんな時ににこりと笑って大丈夫ですよと言えたらよかったのに。

ゼンにまでそう言われてしまうと、地味に落ち込む。

「いや、今のは私が全面的に悪かった。ジゼル嬢が怒っても無理はない……」

そんな私の無表情のせいで、副団長さんは頭を抱えて小さくなってしまった。

ど、どうしよう。私の不愛想が原因でお疲れの副団長さんがこんなことに……！

「……あの」

あわあわと内心で慌てていると、不意に知らない女性の声が室内に響き、反射的にその声がした方を向いた。

「ゼン様、こちらのご令嬢は……？」

そう声を上げ驚いた表情で立っていたのは、凛々《りり》しい騎士服に身を包んだ、とても綺麗な女性だった。

◆◆◆

な、なにこの超絶美少女!!

大の大人がしくしくと泣きながら背中を丸めるという、情けない姿の副団長を急《せ》かしている時に、突然ゼン様が少女を抱いて現れた。

その腕の中の少女を見て私が思ったのは、〝綺麗〟のただ一言。

いやしかし、まじまじと見ても本当に綺麗な子だ。年の頃は私よりも少し下だろうか、まるで最上級の絹糸のようなグレージュの髪、不思議な色合いの青みがかった藤色の瞳は長い睫毛《まつげ》に縁取られている。

緊張しているのかもしれない、無表情ともいえるその秀麗な美貌と堅苦しい言葉遣いのせいもあり、まるで最高級品の人形のようだ。

この整いすぎた美貌、ゼン様と一緒にいるということは、もしや精霊？　そう思った時、驚いた様子の副団長の声が響いた。

「ジゼル嬢⁉」

ジゼル？　そういえば先ほどゼン様もその名を口にしていたけれど……ひょっとして。

目を見開き、ゼン様の腕の中の美少女に視線を戻すと、抱かれていた体をゼン様に下ろしてもらっているところだった。

あの気難しいゼン様を呼び捨て……？　しかもゼン様もそれを受け入れているし、体に負担のないようにと美少女を気遣ってゆっくりと下ろしている。

美少女は私の予想通り、菓子作りのジゼル嬢で間違いなかった。

副団長が嬢と付けて呼んでいるあたり、彼女は間違いなく貴族、そして貴族令嬢のジゼル嬢とは私が知る範囲ではあるが、この国でただひとり。

〝塩系令嬢〟の名前で知られる、ジゼル・シュタイン伯爵令嬢。

社交界に姿を現したのはデビュタントただの一度のみ。冷たすぎるという塩対応と共に、その美貌も有名になったという話を聞いたことはあったが、まさかここ最近副団長に菓子を作っていた女性が彼女だったとは……。

どうやら副団長は菓子の御礼状を毎日したためていたらしく、彼女は忙しい副団長に遠慮して御礼状は結構ですよと伝えに来てくれたらしい。

確かにこうまじまじと見ても無表情で愛想はないが、言っていることはものすごくマトモだ。

この激務の中、こう言ってはなんだが御礼状だのなんだの書いている暇があったら仕事を……いや、せめて効率を良くするための休息を取ってもらいたい。

ジゼル嬢が言うことには、その休息に欠かせない菓子はこれまで通り用意するが、御礼状は結構だという。

部下としては大変ありがたい内容である。

しかし副団長は、今日の分だという菓子の包みを差し出した彼女を見つめながら固まっている。

待ち望んでいた菓子が嬉しいのか、ジゼル嬢が目の前にいるのが信じられないのか、はたまた御礼状はいらないと言われてショックを受けているのか……。

微動だにしない副団長に痺《しび》れを切らしたゼン様は、菓子をもらってしまうぞと（副団長にとっては）衝撃的な発言をした。

するとはっと我に返り、ジゼル嬢から菓子をひったくるような形で副団長が菓子を受け取ると、ジゼル嬢が体勢を崩してしまった。そしてあわや転倒というところで、ゼン様がその華奢《きゃしゃ》な体を支えた。

……なんだか恋物語にでも出てくる恋人同士のようだと思ってしまったのだが、どうやら副団長も同じことを思ったらしく、ものすごい顔をしてゼン様を睨みつけた。

あれ、副団長ってばもしかして……。いやでも嫉妬する前に謝るのが先じゃない？

客観的に見ていた私がそんなことを考えていると、副団長もその考えに至ったらしく、すぐに顔色を変えてジゼル嬢に謝り始めた。

無表情で気にしないでくださいと言うジゼル嬢は、怒っているのだろうか？　いやしかしゼン様の口ぶりではそういう感じではないような。

でもあの表情は一体……と首を傾げていると、副団長が今度は頭を抱えて小さくなってしまった。

……どうしよう、またポンコツになってしまったわ。疲れすぎておかしくなってしまったのだろうか。

やはり、先ほどのジゼル嬢の菓子が〜とか言っているあたりで一度休ませた方がよかったのだろうか。

ああしかし、そんな壊れた副団長の姿に、ジゼル嬢も固まってしまっている。

ここは誰かが収拾をつけなければ。

「あっ、あの」

仕方がないと声を上げると、一同の視線が私に集まった。

はあ、副団長、ジゼル嬢に免じて今日だけですからね？

「ゼン様、こちらのご令嬢は……？」

戸惑う演技をした私の言葉に、とりあえず一応はみんなが冷静になったようだった。


素敵……！

目の前の女性騎士は、私よりも少し年上だろうか。高めのポニーテールの髪はサラサラで、白い騎士服に薄い茶色がよく映えている。

その所作からは凜々しさの中に女性らしい細やかさも窺えるし、きっと優秀な騎士なのだろう。

「あの……？」

誰も口を開かないのに怪訝な表情になった女性騎士が上げた声に、はっと我に返る。

ほえーっと呆けた顔になってはいなかっただろうか。

いや、こんな時でも私の表情筋は死んでいるはずだ。普段はそれが悩みであるが、今回ばかりは無表情でよかったと思った。こんな素敵な女性に、ぽやぽやした令嬢だと思われるのは恥ずかしいもの。

「ふん、わかっているであろうに、白々しいぞ。この娘がジゼルだ」

なぜかふてぶてしい態度をとるゼンに紹介？　されたので、緊張はするが挨拶くらいはせねばと一歩前に出る。

「申し遅れました、ジゼル・シュタインです」

そしてカーテシーをする。

今までほとんど披露の機会はなかったものの、貴族としてのマナーは一通り学んでいるため、一応恥ずかしくない程度には挨拶できたはず。……愛想のなさは相変わらずだが。

「お噂はかねがね。私はバルヒェット副団長付きの騎士に任命されております、エリザ・フランツェンと申します」

そんな私に対しても、エリザさんと名乗った女性騎士は、綺麗に騎士の礼をとってくれた。

か、かっこいい……！

「はい、あの、よろしくお願いいたします……」

とりあえずなんとか挨拶はできたものの、これ以上なにを話したらいいのかわからない。

無言の時間がやけに長く感じる。それがあまりに気まずくて視線を逸らしてしまうと、副団長さんがはあっとため息をついた。

「申し訳ない、迷惑をかけて。あなたはあまり人付き合いが得意じゃないと聞いていたのに。全く、ゼンもなぜジゼル嬢をこんなところに連れてきてしまったんだ」

戸惑っている私を気遣っての発言なのだろう、でも、ひょっとしたら迷惑だったのかもしれない。

忙しいのに煩わせてしまったことに、胸が痛む。

それにゼンが悪いわけじゃない。ゼンはお菓子の感想を聞けなくなるのは寂しいという私の気持ちを考えて、ここに連れてきてくれただけだ。

それなのにこんな風にまともに会話ができない私に、ゼンも呆れてはいないだろうか。

それだって、元はといえば対人スキルがポンコツな私が悪い。

挨拶以外の会話ができないなんて、エリザさんにも気を遣わせてしまっているだろう。

副団長さんにこうしてお時間を取らせてしまうのも申し訳ないし、もう帰ろう。

「とりあえず、すぐにお茶を用意させますから——」

「いえ。すぐにお暇しますので、お気遣いは不要です」

申し訳なさそうな声の副団長さんにさらりとそう返せば、その秀麗な顔が再び固まってしまった。

あ、しまった。私ってば、また言い方を間違えた。

反射的に、口をついて出た言葉ではあるが、冷たい言い方になってしまった。きっと副団長さんの気持ちを傷つけてしまっただろう。ああ、どうして私はいつもこうなんだろう。

自然と顔が俯いてしまう私を見て、ふむとゼンが口を開いた。

「ジゼルよ、先ほど我に話したように、素直に言ってみるとよいのではないか？」

さっきゼンに伝えたみたいに……？

そう言われて恐る恐る顔を上げて副団長さんの様子を窺うと、どことなく寂しそうな表情が目に映った。

怒っているわけではなさそうだ。悲しそう、とはちょっと違う？

それならばと、勇気を出して口を開く。

「あの、その、いつも綺麗な花と御礼状をありがとうございます。ええと、毎日それらを頂くのはとても嬉しかったのですが、私などのために時間を割いていただくのが本当に心苦しく……」

緊張して声が震える。でも、ちゃんと伝えたい。

「ですが、お菓子の感想をもらえることは本当に嬉しくて。それがなくなると寂しい気持ちもあるのだとゼンに伝えたら、副団長さんがお菓子を食べている姿を直接見て、感想をもらえばよいだろうと、ここに連れてきてくださったんです」

やや説明口調な気もするが、一応なんとなく話せた気がする。

「知らせもなく急にお邪魔して、迷惑だとわかっているんです。でも、あなたの、美味しいって言って、笑ってくれる顔を自分の目で見たくて。それで、ゼンの優しさに甘えて来てしまいました。すみません……」

ぽつりと心のままそう紡げば、固まっていた副団長さんの目が大きく見開かれた。

「ジゼル嬢……」

そう副団長さんが私の名前を呼んだ、その時。

「ジゼル!?　ジゼルはここかっ!!!?」

「え、ジークお兄様……？」

突然開かれた扉の向こうから、なぜだかよくわからないが、魔術師団でお仕事中であるはずのジークお兄様が現れたのだった。

なぜここに？　と思ったのは私だけではなかったようで、副団長さんやエリザさん、ゼンも驚いていた。

「ああっ！　ジゼル、よかった……!!　急に屋敷から気配が消えたから、心配したぞ！」

そんな唖然とするみなさんには目もくれず、ジークお兄様は私に飛びついてきた。

「お、お兄様？　ちょ、ちょっと……」

抱きつかれて押し返そうとするが、びくともしない。逆にぎゅうっと力が込められた。

「ほう、妹馬鹿《シスコン》と噂の双子の片割れか。話には聞いていたが、なるほど、これはなかなかのものだな」

そんなゼンのちょっと失礼な呟きは聞こえていないようで、ジークお兄様は私をひしと抱きしめたまま、よかった……よかった……と繰り返している。

「お、お兄様、落ち着いてください！　正直、ちょっと苦しいです……」

力が強すぎてさすがに少し痛いので、やんわりと放してほしいと伝えれば、名残惜しそうではあるがゆっくりと腕を解いてくれた。よかった、窒息死は免れたようだ。

ふうっと息をつき、しゃがみ込んで眉を下げたジークお兄様の頭をよしよしと撫でる。

こうすると冷静になれるようで、私はお兄様たちを宥める際によくこうしている。

すると、信じられない！　といった様子で副団長さんとエリザさんが後ずさりしたのが視界の端に映った。

？　大の大人が！　とか思ったのだろうか。

いや、確かにここはシュタイン家の屋敷の中ではない。いくら屋敷内では日常的な光景だとしても、職場でお兄様のことを小さい子どものような扱いをするのはさすがにまずかったのかもしれない。

そういう考えに至った私は、ぱっと手を放した。

「ジゼル……もう撫でるのは終わりか？」

するとジークお兄様が寂しそうな顔をして上目遣いで私を見上げた。垂れ下がった耳と尻尾が見える気がするのだが、幻覚だろうか。

「ええ、一応ここは職場ですから。それよりもお兄様、なぜ私がここにいるとわかったのですか？」

お兄様の寂しんぼ攻撃をさらりと躱し、私は気になっていたことを聞いた。

先ほどお兄様は、『急に屋敷から気配が消えたから、心配したぞ！』と言っていた。

しかしお兄様は王宮で仕事をしていたはずだし、屋敷にいる私がどこに行ったかなど知る由もないはずなのに。

「ふっ、ジゼルよ。僕を誰だと思っているんだ？」

すっくと得意げに立ち上がるお兄様に、なんだか嫌な予感がした。

私の少しうしろでゼンが「ただの妹馬鹿だろう」とまたまた失礼なことを呟いたが、否定はできなかった。

ものすごくドヤ顔をしているのもちょっとアレな気はする。

しかしこの口ぶりからして、恐らくお兄様はなにかしらの手段で私が移動したことを知り、居場所を突き止めたのだろう。

「ふふっ、驚いているようだね。そう、僕はＧＰＳを使っていたんだよ！」

「じ……？」

「じーぴーえす？」

聞き慣れない言葉に、副団長さんとエリザさんが思わず聞き返した。

そうよね、知らないですよね、この世界にそんなものがあるはずがないもの。GPSとはすなわち、〝Global Positioning System〟の頭文字を取ったもの。

しかしそれは、前世の科学の発展した世界で開発された、位置情報システム。科学ではなく魔法の発展したこの世界に、そんなものあるはずがない。

それなのになぜ？　と驚きすぎてなにも反応できずにいると、ジークお兄様がふっふっと不敵に笑った。

「さすがのジゼルも驚いたようだな。GPS、すなわち〝Giselle Positioning Search〟、〝ジゼルの位置探索〟という魔法だ！　これは僕が開発した新しい魔法で、僕にしか使えない！」

どやぁ……！　とジークお兄様が胸を張った。

それにしても魔法の開発、しかも前世のGPSとほぼ同じ性能の魔法を生み出すなんて。〝魔術師団の若き天才〟と呼ばれているという話は伊達ではないようだ。

けれど……。

「ジゼルよ、そなたの兄は馬鹿なのか天才なのかよくわからんな」

私のうしろでゼンがぼそりと呟いた。うん、私も丁度そう思ったところでした。

どう反応してよいのかわからなかった私はとりあえず、すごいですねと褒めておいた。お兄様は宙に浮くほど喜んでいたので、一応これでよかったのだと思う。

言葉の綾《あや》ではなく、本当に魔法でぷかぷか浮かんで見た目通り浮かれていた。

しかしそれも僅かの間だけで、すぐに着地し、ところでと笑顔で私の方を見た。

「ジゼルはここでなにをしていたんだ？　あれほど屋敷から出たがらなかったのに、瞬間移動を使ったとはいえ、こんなところに来るなんて」

しかし、その目は笑っていなかった。

「え、ええと、それは……」

まずい、ＧＰＳのことですっかり忘れていたが、なんて説明したらよいのだろう。

副団長さんにお菓子を作る約束をしたことを正直に話す？　いや、どう考えても面倒なことになるに違いない。

それなら誤魔化す？　いやいや、私にジークお兄様を誤魔化せるだけの話術があるわけがない。

だめだ、完全に詰んだ。

「それについては、私から説明させてくれ」

だらだらと冷や汗をかいて固まる私を見かねて、副団長さんがお兄様と私の間に入ってくれた。

私を背に庇《かば》うような形になったことで、お兄様の顔が酷く歪む。

「ふん、騎士団の副団長か。そこをどいてもらおうか、これは家族の問題だ」

いやいやお兄様、表情だけでなく喋《しゃべ》り方まで失礼ですよ？　その上、そこをどいてもらおうかって……。一応私たちはお邪魔している側なんですけど。おまけにどうして家族のって強調する必要があったんです？

突っ込みどころ満載のジークお兄様に胡乱《うろん》な目で冷たい視線を送るものの、それには気づいてもらえず、お兄様は副団長さんを睨みつけたままだ。

「いや、ジゼル嬢には私の我儘を聞いてもらっただけなのでね。兄君に説明する義務は、私にこそあるだろう？　さあジゼル嬢はそろそろ戻った方がよい。屋敷の者たちが心配するだろうからね」

「おまえに兄と呼ばれる筋合いはない！」

これは多分、めんど……いや、過保護なお兄様へどう説明しようかと悩む私を助けてくれるつもりなのだろう。

ロイドや侍女になにも言わずに出てきてしまったのは確かだし、説明するにしても、私なんかより副団長さんの方が遥かに上手く伝えてくれるだろう。

お言葉に甘えてしまってもよいのだろうかと戸惑うが、副団長さんが私の方を振り向き、ふわりと微笑んだ。

「ここは任せて。ゼンと一緒にお帰り」

そう私だけに聞こえるように囁《ささや》くと、副団長さんはゼンの名前を呼んだ。

ゼンもその呼びかけに頷くと、先ほどと同じように私を抱きかかえてふわりと浮かんだ。

「あ、あの、私……」

最後の最後まで面倒なことに巻き込んでしまった。

ご迷惑をおかけしてすみません、そう謝ろうとした私を、副団長さんが見上げる。

「今日も美味しそうなお菓子、ありがとう。御礼状はいらないという君の気遣いも、とても嬉しかった。――では、またね」

ゼンが瞬間移動する直前に、そう言って副団長さんが少しだけ寂しそうに笑ったのが見えた。


ジゼルがゼンと共に消えた後、ユリウスはジークハルトの方を振り返った。

「ジゼルが屋敷に戻ったのは確認できたが……。貴様、一体どういうつもりだ?」

どうやら〝じーぴーえす〟とやらでジゼルが無事にシュタイン家に戻ったことは確認できたらしい。

しかしかなりの不信感を持ったようで、ジークハルトはものすごい形相でユリウスを睨んだ。

魔物討伐や領土の防衛などで数多《あまた》の戦いの場を経験している、騎士団の中でも実力者と名高いユリウスではあったが、ジークハルトの醸し出す殺気にじんわりと汗をかいた。

それほどまでに、ジークハルトの殺気とその左手に込められた魔力は強かった。

（あの魔力の感じからして、放とうとしているのは氷属性魔法か。王宮内で火事はまずいし、強風で窓を割るのもよろしくない、氷漬けにしてやろうとでも思っているのだろう）

今この状況で使うには妥当な魔法だなとユリウスは思う。

「まあ落ち着いてください、ジークハルト殿。冷静になってお話ししましょう」

「僕は至って冷静だよ？　どうやって王宮に咎められずに君を始末するか考えられる程度にはね」

それは冷静とは言わない。ユリウスとエリザは口にすることこそしなかったが、心の中でハモった。

「とりあえず一旦その魔力をお収めください。副団長の話を聞いてからでも、遅くはないでしょう？　ジークハルト殿も事情を知りたいはずです。氷漬けにするのはその後でもよろしいのでは？」

いやいやエリザ、全然よろしくないだろう。内心ユリウスはそう思ったが、悲しいかな、そんなことが言えるわけもなく、そのまま口ごもった。

「……ふん、そこの女騎士の言うことも間違ってはいないな。いいだろう、話は聞いてやる」

ジークハルトはそう言うと、左手に溜《た》めていた魔力を霧散させる。そしてどかりとソファに座ると、行儀悪く足を組んで背中をもたれさせた。

「ほら、聞いてやるから早く座れ。僕も暇じゃないか、感じ悪《わ》りぃ～!!　しかも偉そう!!　エリザは心の中でそう顔を顰めた。

一方でユリウスは、あの菓子を奪った時のリーンハルトの姿を思い出していた。

そっくりだとは聞いていたが、確かにそのようだ。いや、まだ敬語を使ってくれるだけリーンハルトの方がマシか？　と、意外と冷静に。

「魔術師団の鬼才と名高い貴殿にお時間を頂戴するのは申し訳ないのだが、貴殿にとっても大切なことでしょうしね」

そしてにこやかな表情を作って腰を掛けた。

その態度にか言葉にか、それとも両方にか、なにかがひっかかったように、ジークハルトは怪訝な顔をした。

魔術師団の天才・鬼才と呼ばれているジークハルトではあるが、貴族としての序列はたかだか伯爵家の令息。

しかしユリウスは侯爵家の者だ。騎士団の副団長という立場もある。

普通に考えたら、ジークハルトはユリウスへのこんな態度が許されるほどに高い身分の人間ではない。

それに、そんな傲岸不遜な態度を咎められても当然なのに、ユリウスはそれを許容したように見える。

この笑顔の裏にある、本当の真意はなにか。ジークハルトは訝《いぶか》しんだ。

「そう警戒しないでください。これでも仲よくしたいと思っているのですから。ジゼル嬢の兄君ですからね」

「兄などと呼ぶなと言っているだろう。それとジゼルの名も馴れ馴れしく呼ぶな。氷漬けにするぞ」

そしてジークハルトは、再び少しだけ左手に魔力を集めた。

そういえば彼は氷魔法を得意としていたなと、ユリウスは冷静にその左手を見た。

「他意はなかったのですが、気分を害されたのであれば失礼いたしました。さて、本題に入りますが……。ジークハルト殿は妹君の趣味をご存じで？」

そう言われてジークハルトは、ユリウスが大事そうに抱えていた包みをちらりと見た。

「ふん。知らぬわけがないだろう。貴様、それは貴族令嬢としてよろしくないとでも言うつもりはあるまいな？」

「まさか。それどころか、とても素晴らしい腕前だと感心しています。こうして毎日、美味しく頂いております。ほら、今しがた頂いたばかりのこれもそうですよ」

そう言って包みに視線をやるユリウスの表情に、ジークハルトは顔を顰めた。

この口ぶり、ジゼルの密かな趣味が菓子作りだと知っており、その上毎日食べているだと？

ジゼルが家族と使用人たち以外に自分で作った菓子を振る舞うことなど、今までなかったはずなのに。

それなのに、一体なぜ……。

そんな表情のジークハルトに応えるべく、ユリウスは口を開いた。

「――ふん、なるほどな。納得はしていないが辻褄《つじつま》は合った」

ジゼルから菓子をもらうようになった経緯を聞き、ジークハルトは一応ではあるが合点がいったようだった。

しかし納得はしていないとの言葉通り、これから先も菓子を受け取ることについてはよく思っていなかった。

不愉快だという態度を隠そうともしないジークハルトに、ユリウスは一呼吸おいてこう切り出した。

「彼女が類稀《たぐいまれ》な才能を隠していることは、ご存じですか？」

「……菓子に付与された魔力のことか？」

それもそうですがと答え、知らないのであれば私が勝手に伝えるわけにはいきませんねともったいぶるユリウスに、ジークハルトは苛立《いらだ》って声を上げた。

「これ以上のことはジゼルのためにも、僕の口から言うわけにはいかない！　知っているのならおまえが吐け！」

つまり自分から口を割るつもりはないということだ。どうやら本当に彼女のことを思い遣《や》っているらしいとユリウスは考える。

「彼女は、静かに生きていきたいと考えている。それは間違いありませんね？」

「ああ。どこぞの馬鹿のおかげで悪目立ちしたのも嫌だっただろうがな。つまらん呼び名などまでつけられて、迷惑している」

そう厳しい視線をユリウスに向けると、ジークハルトはため息をついた。

「三年前のことは、その、すみません。心よりお詫《わ》び申し上げます。……しかし、菓子作りは本当にお好きのようですね。僅かな表情の変化しか見せてくれませんが、それはわかりました。そして不器用ではあるがとても心優しく、とても向上心が高い。……そんな彼女は、現状に満足しているでしょうか？」

気まずそうな調子から、ユリウスはがらりと雰囲気を変える。そのことにジークハルトも少しだけ表情を変えた。

「……だが、ジゼル本人が平穏に過ごしたいという気持ちを優先させたんだ。僕たちがどうこう言うわけにはいかない」

今のやり取りで、ジークハルトはジゼルが菓子作りにおいて力を抑えていることを知っているのだと、ユリウスは理解した。そこで一度にこりと笑う。

「ひとつ、私の提案を聞いてはくれませんか?」

眉を顰めながらも黙ってユリウスの提案を聞いたジークハルトは、その後苦い顔をしながらも渋々頷いたのだった。

シュタイン家の長男は次男と同じく見た目は温和な王子様なのに、見た目詐欺の失礼野郎だな。

そしてそんな曲者をも頷かせてしまうほどに我らが副団長は恐ろしく弁が立つ。……というか、菓子への執着がすごい。

一連のやり取りを眺めていたエリザは、そんなことを思っていたのだった。

◆

「え?　副団長さんへのお菓子を作ることを認めてくださるのですか?」

「……仕方がないからな。それに、ジゼルは作りたいのだろう?」

苦虫を噛み潰したような顔のジークお兄様に、私は勢いよく頷いた。

副団長さんの執務室からゼンと共に屋敷に戻った後、私は落ち着かない気持ちで夕方まで過ごした。

ゼンは心配いらないと言っていたが、ジークお兄様はかなり怒っていたから、それはもう気が気じゃなかった。

けれど屋敷に帰ってきたお兄様は、機嫌こそ悪そうだったけれど、怒ってはいなかった。

そして夜、自室にやってきたお兄様からこうして許可が出たところだ。

「だが奴からこんな提案があった」

お兄様によると、副団長さんは、私の作るお菓子を王宮で販売してみないかとおっしゃったそうだ。

『ここ半月毎日食べてみて、確かに初めて見る菓子ばかりだったが、見た目は世の中にあるありふれた菓子たちとそれほど変わりはしないのに、味は比べられないくらいに美味しかった』

『それだけではない、この菓子には特別な魔力が込められている』

そんなことも口にしていたらしい。

「――副団長さんは、お気づきだったのですね。それほど魔力は大きくないはずなのですが」

「騎士とはいえ、精霊を使役する者だからな。魔力には敏感なのだろう」

私はいつもお菓子を作る際、〝このお菓子を食べて、少しでも癒しを感じてもらえますように〟と心を込めている。

それは王宮で働くお父様やお兄様たち、毎日私たちのために働いてくれている屋敷の使用人たちに、休憩中に少しでもお菓子を食べて、ほっとする時間を持ってもらえたらという思いから始まったことだ。

疲れた時には甘いものが食べたくなるものだし、適度な休憩は仕事の効率も上げる。それに、美味しいものを食べると元気が出る。

前世でも、頑張っている自分へのご褒美に！　とパティスリーにケーキを買いに来たり、食べに来たりするお客様は多かった。もちろんお祝い事のためにと買いに来る人が多いのは言うまでもないのだが。

でも私は、そんな毎日頑張っている人たちの〝ほっ〟と息をつく顔を見るのが、とても好きだった。

イートインのお客様の、ケーキを口にした時の表情。

常連のお客様の、『ここのケーキを食べると、明日も頑張るぞ！　って気持ちになれるんです』という言葉。

人と上手くコミュニケーションが取れなくて、相手に気を遣わせてしまったり、時には傷つけてしまうことの多い私だからかもしれない。

肩の力を抜いて、美味しいってリラックスして。

こんな私でも、誰かを笑顔にできる。

そんな風に、人付き合いの苦手な私が唯一素直に気持ちを伝えられるのが、お菓子作りだった。

「ふん、効果はそこまで劇的ではないから、一度や二度食べたくらいでは気づかないかもしれないがな。半月も食べ続ければ、まあ奴ならば気づくだろう」

「そういえばお兄様は、ひと口食べただけで私のお菓子に疲労回復の魔法が付与されていると気づきましたね」

私がそう言うと、まあ僕は優秀だからな！　とお兄様が胸を張った。

今の会話からおわかりかと思うが、私は作るお菓子に様々な効果を付与することができる。

そう、〝お菓子に〟だけ。料理や飲み物などには付与することができない。

「ですが、それと王宮での販売となんの関係が？」

「ジゼル、本当はもっと色んな人に菓子を振る舞いたいと思っているだろう？」

首を傾げる私に、ジークお兄様は真剣な顔でそう告げた。

ごくりと息を呑む。

確かに。でも。

「……別にそんなことは」

「いや、隠さなくてもいい。僕たちも察していたのに今までなにもしてやれなかったからな」

上手く誤魔化すことのできなかった私に、ジークお兄様はわかっているからみなまで言うなとため息をついた。

そして、昼間私がシュタイン家に帰った後に副団長さんと話したことを詳しく教えてくれた。

王宮で販売、といっても、お店を出すわけではなく、どうやら完全予約販売にし、今まで通りゼンがシュタイン家にお菓子を取りに来て、副団長さんのところに運び、配布するつもりらしい。

最初は騎士団内だけにしてはということで、先ほどお会いしたエリザさんのような女性騎士たちにまず、食べてもらってはどうかと。

女性は甘いものが好きな人が多いし、疲労回復の効果があるお菓子はきっと喜ばれるだろうからと。

「確かに、それなら私は人前に出なくていいですし、お菓子を作ったのが誰なのかバレませんね」

「それに、基本的に女は男よりも疲れやすいものだからな。うまくて疲労回復の効果がある菓子、体力勝負の女騎士ならば、まあ飛びつくだろう」

そうなってくると、きっと噂になって広まる。

フルーツタルトのような見た目も華やかなお菓子を見せると、王宮に勤める貴族たちも興味を持つかもしれない。

お菓子の納品はゼンの瞬間移動で行うため、私は王宮の人たちに顔を見せることはない。作り手のことは秘密にしたまま、色々な人に食べてもらうことができる。

ということは、今まで隠していたたくさんのレシピを使ってお菓子作りができるかもしれない。

その申し出にすぐに頷けるほど私は単純ではないが、それでも心惹かれる提案であることには違いない。

それにしても、意外だなと思う。

「でも、なぜお兄様は副団長さんの話を受け入れてくださったのですか？　その、こう言ってはなんですが、副団長さんにお菓子をお渡しすることにだって、いい顔をしないと思っていました」

「……それについては今でも許したくないと思っているよ？」

黒い笑顔でお兄様がそう言った。

そうか、やはりよくは思っていないらしい。

「でも、ジゼルの本当にやりたいことに気づいていながら、僕たちの思いだけで狭い世界に縛りつけてはいけないと思ってね」

ふうっと息をついてお兄様は続ける。

「僕たちだけでは、彼のように君の本当にやりたいと思っていることをやらせてあげることはできない。それが君のためになる、君の望みだというのなら。いつまでも僕たちだけの君でいてほしいという我儘を言うつもりはないよ。これでも君の兄だからね、妹の幸せを一番に考えたいと思っている」

優しいコバルトブルーの瞳が私を見た。ジークお兄様が、心から私のためを思って言ってくれていることがわかる。

「ジゼルが心を決めるなら、リーンのことは心配しなくていいよ。僕からきちんと説明して、説得するから」

心の中にあった懸念まで言い当てられ、うっと身じろぐ。

口の上手いジークお兄様に任せておけば、きっとリーンお兄様も納得してくれるだろう。

「……ありがとうございます、お兄様」

「かわいい妹のためだからね」

素直にお礼を述べると、隣に移動してきたお兄様にぽすりと頭に大きな手をのせられ、撫でられた。

嬉しそうな顔をして頭を撫でるジークお兄様の表情には、少しだけ違和感がある。

「……ちなみに、副団長さんからの提案を受けてお兄様が受けるメリットは?」

「！　き、気づいてしまったのかい?　はぁ、格好つけたかったのに、仕方がないな……。

誕生パーティーのお菓子だよ。君が自由にお菓子を作れるようになれば、パーティーの時に僕たちのためだけのとっておきの菓子を作ってくれるはずだと言われてね」

予想外すぎる内容を口にするジークお兄様に、私はぽかんと口を開けた。

「〝僕たちのためだけの〟というところがいいよね。君にとっての特別だと実感できて」

なんだそれは。そんなものにつられたというのか、この兄は。

思っていた以上にしょうもない理由だったため、なんとも返すことができず、ただ呆然とするのみだ。

「あの副団長、なかなかやるね。僕の弱いところをしっかりわかっている」

そんなの、私をダシにすればなんでもやってくれると言っているようなものだ。

「……ほどほどにお願いしますね、お兄様」

変な方向に副団長さんを認めようとしているジークお兄様に、先ほどまでの感動的な気持ちが一気に霧散してしまい、じとりと冷たい視線を送ったのだった。

第五章　試作品はほっこり涙の味?

副団長さんからのお誘いを受けてから考えること二日。私は結局、その提案を受け入れることにした。

そう決心した次の日、朝食の席でのこと。

「俺は本音を言えばあまり気が進まない。菓子を売るのが女共だけで済むのならまだいいが、あっという間に老若男女問わず広まるに決まっているからな」

ジークお兄様に説得されたものの、未だリーンお兄様は苦い顔をしている。

「一度納得したことを蒸し返すなよ。みっともないぞ」

「べ、別に俺は……!」

しかしジークお兄様に窘《たしな》められて、顔を真っ赤にして黙った。

そうは言うが、ジークお兄様だって副団長さんおひとり(実際にはゼンもだけれど)にお菓子を渡すことすら、本心では反対だと言っていたではないか。

格好をつけた表情で私をチラチラと見てくるが、理解のある兄を装ってリーンお兄様にマウントを取っているのがバレバレだ。

だがリーンお兄様には効果抜群だったらしく、自分だけ理解がないと私に嫌われるのを恐れているのか、渋々ではあるが好きにしろと言ってくれた。

……お兄様が心配しているように、そう上手く私が作るお菓子が評判になるとは限らないのだけれど。

騎士団内だけでこぢんまりと話題になる程度かもしれないし、それはそれで私にとってベストな気もする。

「うーん、思っていたよりも早くバレてしまったね、ジゼル」

相変わらずのほほんとしているのはお父様だ。

というか、私にはバレないようにしなさいよと言っていたのに、そのうちバレてしまうだろうと思っていたのか。

まあ冷静に考えれば、私なんかがお兄様をずっと欺けるわけがないのだけれど。

「でもジゼルのお菓子は本当に美味しいからね、私たちだけで楽しむのは勿体ない気もしていたから、これでよかったのかもしれないよ？　バルヒェット副団長は悪いようにはしないと約束してくれたのだろう？」

お父様の言う〝悪いようにはしない〟とは、私の意思に反するようなことはしないということだ。

私はこの件を引き受ける前に、副団長さんにある程度の事情を話しておいた。

さすがに前世のことは話していないが、穏やかに暮らしていきたいと思っており、もし万が一私のお菓子が評判になるようなことになっても表に出るつもりはないと、ゼンに手紙を託して。

どうやら副団長さんは、私の塩対応がただの人見知りで、人付き合いが苦手な結果だということに思い至ってくれたらしく、国の陰謀とか、政治に利用されるようなことにならないように配慮すると言ってくれたのだ。

彼の家門、バルヒェット侯爵家は重要な国境の領地を有しており、この国ではかなりの権力を持っている。

彼自身も王宮騎士団の副団長と高い地位に立っているし、彼が私を隠そうとすれば、たとえ王族といえどもそう安々と手出しはできないはずだよと、お父様からも安心の言葉をもらえた。

「ふん、あのクソ副団長……。俺からマドレーヌを奪っただけでなく、まさかジゼルにまで手を出してやがったなんて」

ぐさっ！　とリーンお兄様が朝食のソーセージに思い切りフォークを突き刺した。

そしてジークお兄様の声のトーンも落ちた。

「それについては僕も厳重に抗議しておいたよ。まさかとは思うけど、ジゼル。あの男に絆《ほだ》されたりなんてしてないよね……？」

急に私に矛先が向いて、びくりと肩が跳ねた。

「当然だよな？」

「大丈夫だよね？」

双子の黒い微笑み、ものすごく怖い。このままだと私だけでなく副団長さんにも害が及ぶ可能性が……！

「な、なにをおっしゃっているんですか。そもそも副団長さんに会う機会など、そうありませんし。私は自由にお菓子が作れるのが嬉しいと、ただそれだけです」

発言に気をつけなければと冷や汗をかきながらそう答える。

「ならいいんだ。ごめんね、ジゼル」

私の答えに満足したのか、お兄様たちは黒いオーラを引っ込めた。……そしてリーンお兄様はブチィッとソーセージを食い千切った。

「まあそれなら副団長への嫌がらせは、訓練用ブーツに石ころを入れておくくらいにしておいてやろう」

「へえ、地味に嫌なやつだね。それ、採用」

リーンお兄様の幼稚な嫌がらせの提案に、ジークお兄様は楽しそうに賛成している。

ブーツに石ころって、子どもか。

「ついでに訓練が終わった後に履く靴にも入れておいてやれ。両足にな」

「よし、採用」

採用、じゃないでしょ。

本当にこの双子は悪巧みの時になると息ぴったりだ。

「まあ、それくらいならいいんじゃないかな？　実務に支障のない程度にしておきなさいね」

いつもは常識的なお父様も、今日はなぜか止めない。微笑ましいものを見るかのように穏やかな目でお兄様たちを見守っている。

珍しい。……いや、そんなことを言っている場合ではない。このへんでちゃんと釘《くぎ》を刺しておかないと、ふたりでどこまでも盛り上がっていってしまう。

「……副団長さんはお忙しいのですから、迷惑をかけてはいけませんよ、お兄様方？」

「じっ、ジゼル！　冗談だよ！」

「そ、そうだ！　そんな幼稚なことをするわけがないだろう！」

仕方がなく私がお兄様たちをジト目で窘めると、ふたりは顔色を変えて、ぴっ！　と背筋を伸ばしたのだった。


その後、勤めに出る三人を見送り、さてと私は息をついた。

今日は新しいお菓子を持って、副団長さんに菓子販売について受諾の挨拶に行くつもりだ。

先ほどお兄様たちとの会話ではそうそうお会いすることはないと言っていたが、今日くらいはいいよね。

ちなみに副団長さんからの提案を受けるにあたって、私は屋敷での生活を少しだけ変えることにした。

……といっても、元から大したことはできていないのだが、畑の水やりや食事作りの手伝いなど、私がやらなくても大して困らないようなことは控えて、その分の時間をお菓子作りに費やすというだけだ。

元々ザックさんや料理人のみんなだけでよいことだったしね。

でも、ちょっとした書類のお手伝いは続けることになる。前世の数式などの知識のおかげで、計算関係は頼りにされているから。

前世でも幼い頃から仲のよい友人なんてほとんどいなかったから、友達と遊びに行くことなんてなかったし、時間はたっぷりあったから勉強は真面目にやっていたのよね。

それでも時間が余っていたから、調理実習でお菓子作りが好きになって以来、家でもひとりで作るようになったんだけれど。

とまあ、そんなわけで私の計算能力と書類整理の能力はまあまあ役に立てている。多分。

そのため、基本的には午前中まるまるお菓子作りに集中して納品、そしてお昼過ぎから

そういった仕事ができたらなと思っている。

「……不安もあったはずなのに、楽しみっていう気持ちの方が、強いみたい」

きっとここしばらく、副団長さんやゼンから〝美味しい〟の言葉を毎日のように頂いて

きたからだろう。

もっと色んな人に食べてもらいたいって、そんな欲が強くなってしまったようだ。

「さ、今日は挨拶に伺うのだから、いっそう美味しいお菓子を作っていかないとね」

前回は予想外のことがあって副団長さんにカスタード入りマドレーヌを渡すだけになってしまったが、もし時間があれば今日は目の前で食べてもらいたい。どんな反応をしてくれるのか、この目で見てみたいから。

「ふふ。副団長さんとゼンの喜ぶ顔が見られるといいな」

さて、そのためにも今日は特別心を込めて作らないと。

「いい天気。今日も一日、頑張ろう」

窓から流れる爽やかな風を感じながら、私は自室を出て厨房へと向かったのだった。


料理長には色々と協力してもらうことになるので、少しだけ事情を話してある。

「さあ、今日からは遠慮せずにじゃんじゃん作ってくださいね！　お嬢様の作っているところを一挙一動見逃さずに見学させていただきたいところではありますが……。お嬢様はそれを望まないでしょうから、この前のように、少し離れた場所でどうぞ」

「ごめんなさい、ありがとう」

料理長の気遣いに感謝しながら、作業を始める。

今日作るのは、ベイクドチーズケーキ。チーズケーキの定番とされるもので、作り手の腕が試されるケーキだ。

甘すぎず酸味のあるケーキなので男性にもよく好まれるし、濃厚なチーズは食べごたえもあるので、騎士の方にはうってつけだと思ったのだ。

まずはビスケットを魔法で砕く。袋に入れて麺棒などでバンバンやるイメージだが、魔法なら一瞬である。

そうして砕いたビスケットを室温に戻したバターと混ぜ合わせ、型に敷き詰める。

「それとこっちも同じようにして……」

ココアのビスケットも同じく砕き、バターと混ぜたらスクエアの型に敷く。

そう、今日も二種類作るつもりだ。

今日はゼンが来るまで時間もあるし、ぜひ食べ比べてもらいたいと思いついたのだ。

ボウルに室温に戻したクリームチーズを入れて練り、なめらかになったら砂糖を加える。

こちらの世界の砂糖は、日本でメジャーだった上白糖よりも、どちらかというとグラニュー糖に近く、とてもお菓子作りに向いている。

そこに卵も加えよく混ぜたら、今度は生クリームを投入。もったりとするまで混ぜたらふるいながら薄力粉を入れ、レモン汁も絞る。

軽く混ぜたら先ほどの型に流し込んで焼く、これが基本のベイクドチーズケーキだ。

ヨーグルトやサワークリームなどを入れるのも美味しいのだが、最初なのであれこれ入れず、スタンダードなものにしようと思う。

そしてココアビスケットを敷き詰めた型には、生地を流した後に、少し残った生地にココアパウダーを混ぜたものを絞り袋に入れて上から垂らしていく。

それを竹串でマーブル柄に……って。

そこではたと気づく。

「竹串なんて見たことないわ……」

完全に失念していた。西洋風なこの世界で未だに竹串にお目にかかったことがない。

代わりになにかないだろうか。

う〜ん……と唸りながら厨房をぐるりと見回す。

爪楊枝《ようじ》……はもちろんないよね。

パスタがあれば代用できるのだが、この世界にも麺はあれども乾麺というものには出合ったことがない。

となれば仕方がない、これも魔法で作るしかないようだ。

とりあえず料理長から許可を得て小ぶりのフォークを借りる。それを火魔法を応用して刺す方を少しずつ変形していき、千枚通しのような形にする。

「こんなものね」

我ながらなかなか上手くできた。

細い方が綺麗に描けるので、鉄製のフォークは凶器みたいになってしまったが。

今度きちんと木製のものを作ろうと決意し、とりあえず今日はこの千枚通し的なもので代用する。

縦方向に垂らしたココア生地を千枚通し（仮）で横方向に流していくと、蔦模様《つた》のようなかわいらしいマーブル柄になる。うん、竹串と遜色ない仕上がりだ。

そうして出来上がった二種類の型をトントンと軽く持ち上げて落とし、生地を平らにしてオーブンに。

一七〇度で四〇分くらいかな。

「美味しく焼けますように」

このチーズケーキは試作品も兼ねているのだが、今度商品として作った際には、女性騎士のみなさんにも気に入ってもらえるといいな。

エリザさんだっけ、あの日少しだけ挨拶した副団長さん付きの騎士さん、あの綺麗な人にも食べてもらえるかな。

「そうだ、せっかくだから生クリームとベリーも何種類か持っていこうかしら」

お店で出す時のようにデコレーションすれば、目でも楽しめるケーキになるものね。女性を相手にするなら、そういうアプローチも有効だ。

「ああ、すっごく楽しい！　そうだ、夜、お父様たちにも食べてもらおう。ふふ、びっくりするかしら」

先日のフルーツタルトは振る舞えなかったけれど、お兄様たちにもバレてしまった今なら。

「うじうじ悩まずにお菓子が作れるって、こんなに幸せなことだったのね」

やっぱり私はこの時間が好きだ。そう改めて実感しながら、オーブンの中のケーキを見つめるのだった。

「うん、いい焼き加減だわ。マーブル柄も綺麗にできているわね」

焼き上がったケーキを見て、私は頬を緩めた。

魔法で冷やし、型から外すと、側面もなめらかな焼き上がりになっている。

ホールケーキはこのまま持っていって向こうで切り分けるが、スクエア型のものはこちらで切っておこう。

マーブルチーズケーキを縦長のスティック状に切り分け、ひとつずつペーパーで包む。

「できたわ。副団長さんとの約束の時間まではまだ少しあるけれど……」

ちらりと時計を見た後、自分の服へと目を移す。

「……ご挨拶に伺うのに、粉だらけの簡素なドレスでは申し訳ないかしら」

前世のようなコックコートならともかく、これでは失礼な気がする。とすると多少はきっちりとした格好をしなければ。

「仕方がないわね、侍女たちにお願いしましょう」

お客様に会うのに失礼のない格好をとお願いすればいいのだが……。

なんだか張り切られてしまいそうで怖いわねと少しげんなりした気分で、お付きの侍女を呼ぶ。

予想通り、キラキラした目の侍女たちに張り切って着替えさせられることになったのだが、まあ今日くらいは仕方がないかと心を無にすることにしたのだった。


「迎えに来たぞ。……む?　どうしたジゼル」

「はは……ちょっと疲れただけです。気にしないでください」

約束の時間丁度に現れたのは、人型のゼン。いつもよりも人相の悪い私に少し戸惑っている。

それも仕方がないのだ。失礼のない程度でよい、できるだけシンプルな格好にしてほしいと言ったのだが、私を飾り立てたい侍女たちとの攻防はなかなかに激しいもので、大変疲れた。

でもなんとか譲歩してもらって、ある程度は抑えてもらえたのでよかった。宝石の類もつけなくて済んだし。

「今日の菓子はそれほど神経を使う菓子だったのか？」

「いえ、そういうわけでは。本当に大丈夫ですから、行きましょう」

訝しげなゼンに、副団長さんを待たせているのだからと言えば、わかったと頷いてくれた。

「その前にひとつ、魔法を使わせてくれ」

そう言うとゼンはなにやら呪文を唱え始め、私の部屋の中に膜のようなものを張った。

なんの魔法とは言わず、ゼンは私の肩に触れてきた。

「では行くぞ」

そうして先日のようにお姫様抱っこはせずに、ゼンはケーキの入った箱を抱える私に触れるだけで瞬間移動をした。

どうやら抱きかかえる必要はなく、身体に触れてさえいれば一緒に移動できるらしい。

それに今回は移動してもすぐに地面に足がついた。前回空中に移動した時に私がすごく驚いたので、配慮してくれたようだ。

移動先はもちろん、先日お邪魔した副団長さんの執務室。

この前は移動した直後に落下した驚きで気づかなかったが、ぐにゃりと空間がねじ曲がるような感覚がして、ゼンの手を放してひとりで立とうとした際に少しくらりとしてしまった。

「大丈夫ですか？」

そんなふらついた私の身体を支えてくれたのは、副団長さんだった。

ち、近い！　それになにかいい匂いがする!!

「……すみません、大丈夫です」

ああっ、予想外の事態に未だかつてないくらいの温度の低い声が出てしまったわ！

そして反射的に手で副団長さんの身体を押してしまった。そんな私の反応に、副団長さんも眉を下げてしまう。

……これは塩対応と言われても否定できないくらいの酷さだわ。助けてくれた副団長さんを拒否したと取られても仕方がない。でも違う、ただびっくりしただけ。

ずーんと自分の言動に落ち込んでいると、ゼンに呆れた目で見られた。

「ふたりともなにをやっているのだ。ほれ主よ、ちゃんとジゼルをもてなさぬか」

「い、言われなくてもわかっている！　こほん、不躾に触れてしまって申し訳ありませんでした。ジゼル嬢、こちらへどうぞ」

居住まいを正した副団長さんに、ソファへと促される。

あんな態度を取ってしまったのに、相変わらず紳士的だ。

「あ、ありがとうございます」

その優しさにじーんとしながらおずおずとソファに腰を下ろすと、少し落ち着いてきた気がする。

冷静になって周りを見ると、執務室には副団長さんとゼン、それからあの綺麗な女性騎士、エリザさんも少しうしろに控えていた。

どうしよう、エリザさんにも挨拶するべきかしら。ああでも、エリザさんは副団長さんの部下だったわよね。

上司の方を差し置いてあまり馴れ馴れしくするのはよろしくないかもしれない。でも無視するのも違うと思うし……。

「ジゼル嬢」

「は、はい!?」

悶々《もんもん》とひとりで悩んでいると、副団長さんに名前を呼ばれた。

早速例のお話に入るのね？　と、再び緊張が舞い戻ってきて、真剣な面持ちで副団長さんの言葉を待つ。

今日も副団長さんは相変わらずの紳士的な対応で、にこやかに口を開いた。

「今日は先日の申し出を受けてくれるとのことで、わざわざ足を運んでくださり、ありがとうございます」

いえ、ゼンの瞬間移動で来たので大して足など運んでおりませんから……。

「それに、先日は大変失礼しました。結局、菓子を受け取るだけになってしまって」

いいえ、それはうちのお兄様が原因なので、副団長さんが謝ることではありませんよ？

そんな申し訳ない気持ちになりながら「いえ、別に」と答えていると、どんどん副団長さんの顔が焦ったようになっていった。

多分、というか絶対、私の無表情と足りない言葉のせいだろう。理由はちゃんとわかっている。

しかし私も緊張しているので、上手く言葉が出てこない。内心ではちゃんと答えることができているのに。

心の声がそのまま出せたらどれだけよかったことか。本当に自分で自分が情けない。

「……ジゼルよ、肩の力を抜け。表情どころか言葉まで固まっているぞ」

そんなどうしようもない私を見かねて、ゼンが声をかけてくれた。

「そら、手土産も持ってきたのであろう？　今日こそは主の目の前で感想を聞いて帰るとよい」

ゼン、優しい……!!　なんて気遣いのできる精霊なのか。

精霊は特殊な存在で、人間とは違った感覚や常識を持つと言われているが、ゼンはかなり人間寄りの考えを持っていると思う。

そんなゼンの気遣いを無駄にしてはいけない、緊張している場合ではないと、なけなしの勇気を振り絞って口を開く。

「その、今日はチーズケーキを作ってきました。試作品も兼ねて、騎士さんに好まれるのではないかと思いまして」

そしてそっとケーキの入った箱をふたつ、机の上に置いた。

「お口に合うといいのですが」

そう言ってひとつ目の箱を開けると、副団長さんの目が見開かれた。

「……シンプルだが、とても綺麗な玉子色だ」

この前のフルーツタルトのような華やかさはないのに、そう言って副団長さんはチーズケーキに見とれていた。

でも、そう言ってくれると嬉しい。結構綺麗に焼けたなって、自信があるもの。

「副団長、折角なのでお茶の用意をしましょうか」

「ああ。エリザ、頼む」

エリザさんがお茶の用意を申し出てくれたので、慌ててお手伝いしますと立ち上がる。

エリザさんにも挨拶しないといけないしと思ったのだが、お客様は座っていてくださいと微笑まれた。

落ち着いていて、気も利いて、本当に素敵な人だなぁ……。

もし私が男で、こんな女性が側にいたら好きになってしまうのではないだろうか。

副団長さん付きの騎士さんって言っていたけれど、ひょっとしてそういう関係だったりして？

そのことに思い至ると、なんだかどきどきしてきた。

前世も今世も恋愛経験皆無な私だが、情熱的な恋というものには人並みに興味がある。

この顔に騙……いや、つられてお見合いを申し込まれたことはあれど、本気で好意を向けられたことはない。

だから、ちょっとした憧れのようなものだ。似合わないと言われるかもしれないが、私にだって物語の中のお姫様に憧れたことくらいある。

そんなことを考えている間にお茶が入ったようで、エリザさんはまず私の前にサーブしてくれた。

「あ、ありがとうございます」

無表情だったかもしれないが、一応お礼は言えた。

そして副団長さん側にもカップが置かれる。

「ありがとう」

あ、副団長さんもちゃんとお礼を言っている。

そんなふたりが並ぶ様子を見て、お似合いだなぁとぼんやりと思う。

華やかな容姿で優しい副団長さんと、凛々しくて女性としても騎士としても素敵なエリザさん。まるで少女漫画に出てくるヒーローとヒロインのようだ。

「ケーキは切り分けてもよろしいですか?」

「あっ！　ええと、はい」

エリザさんの言葉に、びくりと肩を跳ねさせてそう答える。

危ない、勝手に脳内で色々と妄想してしまうところだった。

そんな私の内心には気づかず、エリザさんは綺麗にベイクドチーズケーキをカットしてくれた。

「我の分も頼む」

几帳面《きちょうめん》な性格なのかしら、すごく均等だし、断面も綺麗だわ。

ほえーっとその腕前に見とれていると、どかりとゼンが私の隣に腰掛けた。

すると、並んで座る私たちを見て、副団長さんが眉を顰めた。

「なぜおまえがジゼル嬢の隣に座るんだ。他にも空いているところがあるだろう！　別の場所に座れ！」

「よいではないか。どこに座ろうと我の自由だ」

確かに机を囲むように四方向にソファが置いてあるのだから、向かい合う私と副団長さんが座っているところを除き、まだ二カ所空いている。

それでも移動しようとはせず、つーんとそっぽを向くゼンに、副団長さんはイラッとした表情をした。いつも紳士的なのに、こんな顔もされるのね。

仲よしなんだなぁと、微笑ましい気持ちでふたりを眺めていると、エリザさんが私と副団長さん、そしてゼンの前に切り分けたケーキの皿を置いてくれた。

「あ、すみません。……あの、よろしければエリザさんもご一緒にいかがですか?」

よし、と思い切ってエリザさんを誘ってみる。

一応これは女性騎士さんに購入してもらえるかもしれない試作品でもあるし、エリザさんの意見も聞きたいもの。

そんなエリザさんの反応はといえば、ありがたいけれど私が同席なんて……と、少し困った様子だ。しまった、失敗した?

「よいのではないか?」

困らせてしまったかしらと発言を後悔しそうになったその時、副団長さんが声を上げた。

「ジゼル嬢の誘いだ、エリザもそこへ座るとよい」

そう副団長さんは頷いて笑顔でエリザさんをソファへと促す。

わあ、こういうシーンも漫画に出てきそう……! とひとり心の中で感動する。

エリザさんの反応はどうだろうかと、ちらりと視線を動かすと、エリザさんは私が予想していたものとは違う表情をしていた。まるで信じられないというかのような……いや言い方は悪いけれど、誰コイツ、みたいな顔をしている。

どうしたのだろうと思っていると、エリザさんは訝しげな私に気づき、慌てて表情を繕った。

「すみません、それではお言葉に甘えて失礼します」

そう言って自分でてきぱきとお茶とケーキの用意をし、空いているソファに腰を掛けた。

ああ、そこは副団長さんの隣じゃないのね……。

脳内恋愛漫画モードになっていた私はちょっぴり残念な気持ちでいたのだが、そうとは知らない三人はケーキに釘付けになっていた。

いけない、ひとまず恋愛漫画モードは忘れないと。

「ええと、では召し上がってみてください」

「「いただきます！」」

我に返った私がそう促すと、副団長さんとエリザさんは嬉しそうにケーキにフォークを入れた。

「では我も頂こう」

ゼンはいつもの飄々《ひょうひょう》とした調子だ。

今世、手作りのお菓子を家族とゼン以外の人に目の前で食べてもらうのは初めてなので、反応がすごく気になる。

どきどきしながらひと口目を口に含んだ副団長さんの顔を見つめると、その整った顔が驚きで崩れた。

「うまい……」

「！　すっっっごく、美味しいです！」

大きく上がった声にびっくりしてそちらを向くと、エリザさんも顔を綻ばせて二口目を食べようとしていたところだった。そしてエリザさんはもぐもぐと咀嚼した後、破顔した。

ああ、この顔が見たかった。

口に入れて美味しいって顔を綻ばせて、もうひと口食べて幸せだなぁって噛みしめる。そんな顔。

「副団長、こんな美味しいものを食べていたのならば、今までのお菓子を物足りなく思うのも仕方がありませんね」

「ああ、もうジゼル嬢の菓子なしでは生きていけなくなってしまったかもしれないな。うん、チーズの風味がとても際立って美味しい」

なんとなく空気も穏やかになったような、そんな気がする。そうだ、私が求めていたのは、こういう時間。

――嬉しい。

「ジゼル、どうした」

そこに響いたのは、和やかな空気に似つかわしくない、ゼンの固い声。

ゼン、そんな声を出して、一体どうしたの？

「ジゼル嬢……？」

「ど、どうされたのですか!?」

副団長さん、エリザさんも。そんな焦った顔をして、どうしたんですか？

「……ジゼル、自分で気づいていないのか？　そなた、泣いているぞ」

「え……？」

隣で眉を寄せるゼンの言葉に、自分の頬にそっと手を当ててみると、生温かい雫《しずく》に触れた。驚いて逆の頬にも触れてみると、やはり涙が伝って濡《ぬ》れていた。

そう、私はゼンの言葉通り、泣いていたのだ。それも無自覚で。

な、なんで!?　どうして？

自分でもなぜ泣いているのかわからない。パニックになった私は、ごめんなさい！　と顔を覆って三人に背を向ける。

嬉しいのに泣いちゃうって、どういうこと!?

ソファの背もたれの方を向きながら頭の中でぐるぐると考えるが、答えは見つからない。

またぽろりと涙が落ちて頬を濡らした。ああもう、この後どんな顔をして副団長さんたちの方に向き直ればいいのか。

……いや、どんな顔って、いつも無表情だけれども。

そう心の中で突っ込んではみたが、さすがに涙を見られてしまったのだ、心配されるか、不審に思われるか。

どちらにせよいたたまれない。

考えすぎて冷静になり、涙は止まったものの、振り返るタイミングを完全に逃した私がどうしたものかと思い悩んでいると、ふっとすぐ背後に気配を感じた。

「……ジゼル嬢、大丈夫だろうか？　落ち着いたなら、顔を見せてほしい」

副団長さんの声だ。

一瞬迷ったが、このままそっぽを向いていてもなにも状況は変わらない、気まずいままだ。

それならばと、おずおずと顔を覆っていた手を解き、副団長さんの方を振り返る。

「ああ、涙は止まったようですね」

「はい、あの……申し訳ありません」

私の顔を確認した副団長さんは、ほっとしたように優しく笑ってくれた。

そのうしろでエリザさんも安堵《あんど》の表情を浮かべたのがわかった。

泣きじゃくっているわけでも涙でぐちゃぐちゃになっているわけでもないから、安心したのだろう。どうやら心配される方だったらしい。

「私たちの言動が君を傷つけてしまったかな？」

「いいえ！　そんなこと、ありません」

眉を下げた副団長さんに、申し訳ない気持ちできっぱりと否定する。

「では、なにか嫌なことでも思い出した？」

「違うんです。思い出したのは、嫌なことでも辛いことでもなくて……」

そこまで言ってぐっと詰まってしまった私の肩に、そっと大きな手がのせられる。

「……言いにくいことなら、これ以上は……」

ぽんぽんと副団長さんが宥めるように、けれどどこか遠慮がちに私の肩を叩《たた》いた。

「いや、ジゼルよ。話すとよい」

そんな風に私を気遣ってくださる副団長さんの声を遮ったのは、ゼンだった。

「自分で決断して、折角ここまでやってきたのだろう？　そなたたち人間は、言葉で伝え合うことを怠るとろくなことにならん生き物だ。今のうちにきちんと伝えておけ」

そうだ。今までの私は、人見知りだからって、口下手だからって、自分の心の中の言葉をちゃんと伝えずに生きてきた。

前世も今世も、そうやって周囲に甘えてきたのかもしれない。

店長や同僚が、そして家族や副団長さん、ゼンが、私のことをわかってくれたから。

でも、いつまでもそのままでいてはいけない。

長年生きている精霊らしいゼンの言葉に、私の心も少しずつ落ち着いていく。

改めて副団長さんを見ると、座っている私の目線に合わせて床にしゃがんでくれている。

そしてその表情は、心配そうな、不安そうな、そんな顔。

無表情だけが原因ではない。私の言葉足らずが周囲に誤解を与えていた。そしてそれは誤解だと否定することもせず、ただ仕方がないと諦めてきた、私自身の責任。

私が、変わらなくては。

「……私、お菓子作りが好きで」

ぽつりと話し出した私に、うんと副団長さんが優しく頷く。

「でも、外に出る勇気もなかったし、家族と使用人以外の誰かに私を知ってもらおうとも、お菓子を食べてもらおうとも、思わなかったんです」

シュタイン家での生活は、とても心地がよかった。お母様は私が幼い頃に亡くなってしまったけれど、お父様もお兄様たちも私をかわいがってくれたし、使用人のみんなも料理を通して私を認めてくれたから。

「でも、副団長さんがあの日私を訪ねてきてくれて、世界が変わったんです」

家族でも知り合いでも従業員でもない、全くの〝他人〟。

そんな副団長さんが、家族の欲目でも雇用主の娘だからという忖度でもなんでもなく、ただ私のお菓子だけを見て、食べて、〝美味しい〟と言ってくれた。

「正当に評価されて、美味しいと言ってもらえたこと。私のお菓子を食べて、ほっと癒やされると言ってもらえたこと。……こんな私でも、誰かのためになることができるんだって、嬉しかった」

〝承認欲求〟というのだろうか。たぶん、自分に自信のない私は、思っていた以上に心のどこかでそれを求めていた。

前世で多少なりとも満たされていたその気持ちを知っているから、なおのこと。

目立ちたくはないという気持ちと、私にもできることがあるのだと認められたい気持ちと。

そんな正反対の気持ちを抱えて、それでもなお。

「副団長さんやエリザさん、ゼンにこうして食べていただいて、美味しいって顔を見ることができて。ああ私が見たかったのはこれだったのだなって思ったら、自然と、涙が……」

話していたら、またじんわりと目頭が熱くなってきた。

嫌だ、また変に思われちゃう。

泣いてはいけないとぐっと目に力を入れる。けれど、滲《にじ》んでくる涙を止めることは、難しくて。

小さく震える私の、みっともない話を黙って聞いてくれていた副団長さんが、その時静かに微笑んだ。

「そうですか。ジゼル嬢はとても勇気を出して私の提案に乗ってくれたんですね。自信を持ってください、ジゼル嬢の作る菓子は本当に美味しいですから。きっと、これからたくさんの人間が笑顔になってくれるはずです」

その声は、とても優しくて。

そのうしろでも、エリザさんが頷いているのが見えた。

そんなふたりにならら、ずっと誰かに聞いてみたかったことを聞いてみてもいいだろうかと、おずおずと口を開く。

「そう、でしょうか。私は、これからもお菓子を作ってよいのでしょうか？」

「もちろんです。まずここにひとり、君のお菓子がないと生きていけなくなってしまった人間がいますからね」

ずるい聞き方をする私に、なにを言うんだとばかりに副団長さんがきっぱりと言い切った。そしてそんな副団長さんの声に被せるように、エリザさんの声も続く。

「そうですよ。副団長ってば、あなたのお菓子が届くのがいつもより遅いと、気になって仕事が手につかなくなるんですよ？　薬物依存症かしらって疑ったくらいです」

初耳の情報に、目が点になる。つまり、私のお菓子で禁断症状が出ているということ？

そ、それはちょっと申し訳ない気もする……。

「！　……エリザ、その話は、」

「あら副団長。事実ではありませんか」

あまりよく聞こえないが、なんだかこそこそとふたりの言い争いが行われている気もする。

ええと、これはスルーでいいのかしら？

「それに、あなたの作るお菓子、私も好きですよ。今日のこのケーキはもちろん、この前のクリーム入りの焼き菓子も本当に美味しかったです。中のクリームが濃厚で、ほっぺたが落ちそうでした！」

くるりと私の方に向き直り、副団長さんとの小競り合い？　をやめたエリザさんから、そんな嬉しい言葉を頂いた。

「ああでも、このケーキは本当に美味しいです！　私、チーズには目がなくて！　濃厚なのにさっぱりもしているから、いくらでも食べられそうです！」

食べかけのチーズケーキについてもあれこれと話す、ちょっと興奮気味なエリザさんの表情を見ると、どうやらお世辞で言っているわけではなさそうだ。

隣でそれを黙って聞いていたゼンの方をちらりと見ると、ほら我の言った通りだろう？とでも言いたげな表情で笑みを返してくれた。

「……ありがとうございます、副団長さん、エリザさん。それに、ゼンも」

素直に感謝の言葉が口から出てきて、なんだかいつもよりも頬の筋肉が緩んでいる気がする。

ありがとうなら、涙を流すのではなく、笑顔で伝えたい。ぎこちないかもしれないけれど、心からの笑みを。

そんなことを考えながら、私は三人に向かって顔を綻ばせた。

——あれ？　どうしたのだろう、みんなの様子が……。

副団長さんは呆けた顔で固まっているし、エリザさんはなんだか顔が赤い。ゼンは驚いたような表情をしている。

はっ！　ひょっとして、今の私の笑顔？　がものすごく酷い顔だったとか⁉

「す、すみません慣れないことをしてしまい！　その、不愉快な思いをさせてしまったのならば謝ります！」

慌てて顔を隠そうとすると、はっと我に返った副団長さんにぐっと手首を摑まれた。

「いや、そうじゃありません！　隠さなくてもいいから、落ち着いてください！」

そ、そんなことを言われても……！

手首を摑まれたことで距離も近くなってしまったし、なんかいい匂いがする！　再びなんですけどーっ⁉

あわあわしながら手首を放してもらおうと抵抗するが、鍛えられた騎士である副団長さんはびくともしない。

「副団長、シュタイン伯爵令嬢の手首に痕がついてしまいます」

「はっ！　す、すみません、つい……」

エリザさんのひと声で副団長さんは手を放してくれた。

ちょっと痛かったが手首はなんともないし、少しくらい痕がつくのは別にどうということはないけれど……。

「ジゼルよ、そなたがよくてもあの兄たちが許さんぞ」

私の心の声を読んだのか、ゼンがそうぼそりと呟く。

そ、それは全然よろしくない!!

「あの、ありがとうございますエリザさん。おかげさまで副団長さんが兄たちからの嫌がらせを受けるのを回避することができました！」

「『嫌がらせ……？』」

首を傾げるふたりに、「実は……」と、私は今朝の地味に嫌な嫌がらせの話をした。

「……今朝の早朝訓練でブーツに石が入っていたのは、そういうことか」

「リーンハルト殿ならやりかねませんね」

ため息をつく副団長さんとエリザさんの納得の表情に、リーンお兄様のあれは冗談ではなかったのだと悟る。そんな幼稚なことしないって言ってたくせに。

「……その、兄たちが大変ご迷惑をおかけいたしまして」

「いや、それだけジゼル嬢を大切に思っているということでしょう。これくらいは甘んじて受けますよ」

いたたまれない気持ちになって謝罪するも、副団長さんは気にしないでくれと苦笑いをした。

なんて心の広い人なんだろう。お兄様たちにも見習ってほしい。

「そういえば、その後訓練が終わってブーツを履き替えた時に痛がっていたのもひょっとして……」

そんな時に呟かれたエリザさんの言葉に、びしっと固まる。

「……重ね重ね、大変申し訳ありません～っっ！」

夕食後のデザートに出そうと思っていたチーズケーキ、リーンお兄様の分はなしにしよう。うん、どれだけ謝っても食べさせてあげない。

副団長さんに向かって深々と頭を下げると、そういえばチーズケーキのデコレーションン！　と思い出した。

「あの、お詫びというほどのものではないのですが。そのケーキにちょっとひと工夫してもよろしいでしょうか？」

「？　ええ、もちろんです」

おふたりから了承を得て、私は持ってきていた生クリーム入りの絞り袋とベリーの入った容器を取り出した。

とりあえず食べかけのチーズケーキを全て食してもらい、新しく少し小さめにカットしたケーキをお皿の上へ。

そこに簡単にではあるが、デコレーションを施していく。シンプルなチーズケーキの側にレースのように生クリームを絞り、その上からベリーをたっぷりとのせる。この絞りのテクニックは、パティスリーの店長直伝だ。

美味しいだけでなく目でも楽しめるイートインのケーキは、お客様たちからもとても好評だった。

「完成です。どうぞ召し上がってください」

「わ……！　すごくかわいいです！」

出来上がったケーキ皿を机に置くと、エリザさんの表情が目に見えて明るくなった。

やはり女性はこういう見た目のかわいらしさに敏感ね。前世でかわいい！　と言いながらスマホで撮ったケーキをＳＮＳに投稿していた女性たちを思い出す。

「すごく華やかになりましたね。それにさらに美味しそうになった。では早速、クリームとベリーと一緒にひと口……」

副団長さんはシンプルに美味しそうだと思ったのだろう、待ちきれないとばかりにすぐにフォークを入れた。

クリームとベリーを合わせて食べるチーズケーキ、私も大好きなので、気に入ってもらえるといいな。

どきどきしながらその反応を待つ。

副団長さんはケーキを口に入れると目を見開き、もぐもぐと咀嚼して頬を緩め、飲み込んで破顔した。

「うまい！　そのままでももちろん美味しかったが、これは素晴らしい組み合わせだ」

「ふむ、確かにこれは秀逸だな。濃厚なチーズの風味に、生クリームの甘さとベリーの酸味がよく合う」

ゼンまでまるで食レポのように評価してくれた。ちなみにエリザさんもにこにこと頑張っている。

「あ、それと実はココア生地を混ぜたマーブルチーズケーキも作ってありまして……」

「「「いただきます！」」」

もうひとつの箱を取り出すと、三人の目がキラリと輝いたのがわかった。

副団長さんとゼンが甘いもの好きなのは知っていたけれど、エリザさんもだとは。

普段は紳士的な副団長さん、凛々しいエリザさん、威厳すら感じられるゼンなのに、私のお菓子を前に、待ちきれない子どものような顔をするなんて。

なんだか……おかしい。

「ふっ……ふふ、あはは」

そう思ったら、自然と笑い声が零れた。

「三人とも落ち着いてください。そんなに慌てなくても、ケーキは逃げませんから」

声を上げて笑ったのなんて、いつぶりだろう。

無表情だから笑い声を上げると不気味だって、前世で誰かに言われた日から、前世の私は笑うことをやめたのに。

「もう、みなさんがあんまりおかしいから、失礼だと思いながらも笑ってしまったじゃないですか」

思っていた以上の嬉しい反応をもらえたから、つい。我慢できずに笑ってしまった。

そんな私に、三人は再びぽかんとした顔をしている。そんな様子もおかしくて、なかなか笑いを収められずにいると、ゼンが興味深そうに私を見つめた。

「ほう、そなた、そんな笑い方もできたのだな」

「あ、こほん。すみません、失礼しました」

咳払いをしてなんとか表情を取り繕う。

それにしてもゼンの口振りからすると、前世で言われたような変な笑い方にはなってなかったみたい。自然に笑えていたのならばいいのだけれど……。

「謝らないでください。先ほどといい、あまりにジゼル嬢が素敵に笑うので、驚いてしまいました」

ちょっと不安になっていた私に、副団長さんがまた甘い台詞を吐いた。

こんな無愛想かつ面倒くさい私を相手に何度もそんな甘い言葉をかけるなんて……。さすが副団長さん、きっと女性の扱いに長《た》けているのだろうなぁ。

社交辞令以外の何物でもないと理解していながらも、そんなことを言われ慣れていない身としては、やはり若干照れてしまう。

「いえ、その……は、恥ずかしいので、あまり見ないでください」

無表情とはいえ、顔が赤くなるのは止められないのだ。

もう今日で何回目だろう、慌てて手で顔を隠すと、エリザさんがくすりと笑う気配がした。

「〝塩系令嬢〟なんて噂されている伯爵家のお嬢様が、一体どんなご令嬢なのだろうと思っていたのですが……。まさかこんなにかわいらしい方だったなんて、予想外でした」

そんな声が聞こえてきて、指の間からエリザさんの様子を窺えば、くすくすと上品に笑っている。不愉快には思われていないみたい。

「……いえ、かわいくはないと思いますが、別に冷酷なわけではありませんし、怖くもないと自分では思っています。塩対応と思われてしまうのは、その、言葉で気持ちを伝えるのが壊滅的に下手くそで、しかも表情筋が死んでいるのが原因かと」

ゆっくりと顔を隠していた手を解き、おずおずとそう応える。この人たちなら、私の拙い言葉を聞いてくれる気がしたから。

「本当は頭の中では色々と考えていますし、思っていることもたくさんあるのですが……。なかなか上手く言葉にできなくて。どう話してよいのか、どうしたら伝わるのかと思っているうちに相手を怒らせてしまったり、傷つけてしまったり。直そうとは思っているのですが、なかなか上手くいかなくて……」

こうして言葉にしてみると、本当に私はダメなんだなと改めて思う。

「ですから、誤解されてしまうのも仕方がないと、わかってはいるのです」

幼い頃に何度か連れていってもらっていたお茶会でもそうだった。

友達がたくさんできるだろうと期待していたわけではない。

でも、ひとりくらいは、もしかしたらって。そんな淡い期待は抱いていた。

けれど、結果はこの通りだ。結局親しくなれた同年代の子などいないまま、半引きこもりになってしまった。

悲しいけれど、無理もない。そう自分に言い聞かせて、他人との関わりを諦めてきたのは私自身だった。

期待なんてしちゃいけない。家族が私を認めてくれているだけでも、幸せだと思わなくちゃ。

そうやって、ずっと平気なフリをしていたんだ。

でも、心のどこかではずっと求めていた。家族以外の誰かとも、心から笑い合ったり、なんでもないことを一緒に楽しんだりしたいって。

一緒に泣いたり笑ったりできる、大切な人を増やしていきたいって。

そう背中を丸めて話す私の肩に、エリザさんがそっと手を添えた。

「勝手な噂話であなたを判断してしまっていたようで、すみませんでした。噂は当てにならないものだと知っていたはずなのに、お恥ずかしいです。ですが、こうしてシュタイン伯爵令嬢ご本人から本心を聞くことができて、私はとても嬉しかったですよ」

その優しい笑顔に、目を見開く。

「そうですね、ジゼル嬢の様子をよく見て考えれば、緊張しているのがすぐにわかるのに。嫌われているのではと勝手に判断してしまう私たちにも、問題がありました」

そう言う副団長さんも、まだほんの数回しか会ったことがない中で、私に嫌われているのではと思ったことがあるらしい。

……やっぱり私の態度がよくなかったのだろう。

「嫌うなんて、こんなによくしてもらっているのに、そんなことありません！」

反射的にそう否定すると、副団長さんはふふっと微笑んだ。

「そうですか、それを聞いて安心しました。それならば、嬉しくて思わずという微笑みも、おかしくて無邪気に声を上げて笑うのも、これからもっと見せていただけると嬉しいです。また、私たちと会っていただけますか？」

ピカーッ！　と副団長さんから眩《まぶ》しい光が発せられたような気がする。

「そ、それはもちろん……。あの、も、もう許してください……」

そして私は先ほどから浴び続けている甘すぎる言葉の数々に耐えられず、がくりと項垂れた。

なんなんだろうこの人、まさか無意識？　それとも本心？　いや、まさかね……。

当のご本人はなんでもないことのようにさらりと発言しているし、悪気もなさそうだけれど。色々と免疫のない私は、恥ずかしすぎて涙目だ。

これが副団長さんの通常運転なのだろうか。恥ずかしげもなくするするとこんな風に言葉が出てくるなんて……。イケメン怖い。

あら？　ということは、副団長さんの周りの女性はこんなことを言われ慣れているのかしら。これに慣れないといけないとなると、私には無理だわ……！　と真剣に考えてしまうレベルである。

先ほどはまた会ってほしいと言われてあっさり返事をしてしまったが、よく考えたらそう何度もこの甘々な会話に私は耐えられるだろうか。

実際、今だって恥ずかしすぎてもう顔を上げられなくなってしまっているのに。

とりあえずまずはこの状況をなんとか打破しないといけないわけだが……。ちっともどうしてよいのか思い浮かばない。

だ、誰か助けて！　そう思った時、はあっと深いため息が聞こえた。

「主、ジゼルが瀕死《ひんし》寸前だ。初心《うぶ》な娘をからかうのは感心しないぞ」

ゼンだ。きゅ、救世主……!!

「からかってなんていない。本心だ」

そんなゼンに、副団長さんはむっとした顔をする。

いいえ、ですからそういう発言が甘すぎて無理なんですよ……!!

さらにぷるぷると震える私が不憫になったのだろう、やれやれと息をついてゼンが話題を変えてくれた。

「とりあえず、もうひとつのケーキを食べないか？　もうあまり時間もないし、他の女性騎士にも食べてもらいたいのだろう？」

「そっ、そうなんです！　はい、みなさんどうぞ！」

半ば無理矢理な気もするが、多少強引にでもここでこの話を終えたい。

恥ずかしさを押し殺し、がばりと顔を上げてマーブルチーズケーキの包みをひとつずつ渡していく。

それならばと、渋々ながらも副団長さんが最初の場所に戻ってくれたので、ほっとする。

あの顔が近くにあるのも、無自覚な甘い言葉も危険すぎる。

慣れるのは絶対に無理だが、聞こえなかったフリをするなど、スルーできるくらいにはならないと、この先私の心臓が保たない。

「まあ、このケーキは棒状になっているんですね。これなら外でも食べやすそうですね」

珍しそうに包みを眺めるエリザさんに意識を向け、気を取り直す。

「はい、まずは女性騎士さんを対象に販売をというお話でしたので、手軽に食べられるようにしてみました」

先ほどのケーキのようにデコレーションを駆使して、ひとつひとつ皿にのせフォークやスプーンで頂くケーキも、もちろん素敵だ。

けれど、相手は騎士さんたち。訓練の合間にでも、ちょっと食べたいと思った時に口にできるお菓子もあるといいなと思ったのだ。

「ジゼル嬢、包みを開いてみても？」

「あ、はい、ええと、もちろんです」

早く開きたくて仕方がないという表情の副団長さんに、また先ほどのことを思い出してしまった私は、ぎこちなく応える。

自分の気持ちを上手く言葉にできないのだという私の話を聞いた後だからか、副団長さんはそんな私の反応を気にする様子もなく、包みを開いた。

ううぅ、こっちもどきどきする。

「……すごい」

「わ、こちらのケーキの模様、とてもかわいらしいです！」

驚いた表情の副団長さんと、かわいいと興奮するエリザさん。

「黒っぽい模様は、ココア入りの生地を使って描いたんです。下のビスケット地もココア入りのものにして合わせました。先ほどのものとは風味が少し変わって、美味しいと思います」

「ほう、先ほどのクリームを絞る技術といい、ジゼルは器用だな。我もこのような模様の菓子は初めて見た」

ゼンもまじまじとマーブル模様を見ている。

デコレーション以外で見た目を凝るのも、美味しそうに見せるためには効果的な方法だ。

「複雑そうに見えるかもしれませんが、意外と簡単にできるんですよ。さあどうぞ、召し上がってみてください」

不思議そうに見つめる三人にそう促せば、それではとわくわく顔をしてぱくりと頬張ってくれた。

「わ、これも美味しいです！」

「ふむ、確かに先ほどのものとは少し違うな。我はこちらの方が好みだ」

「これはうまい！　私はどちらも甲乙つけ難いです。それくらい、どちらも美味しい」

エリザさん、ゼン、副団長さんとそれぞれに美味しいと褒めてくれた。

そこで私もひとつ手に取り包みを開き、ひと口頬張る。

うん、美味しい。すごく、美味しい。

「ああジゼル嬢、また涙が零れていますよ。意外と泣き虫さんでもあったのですね」

「主よ、涙を拭うハンカチでも貸してやれ。全く、ジゼルよ、せっかくの甘いケーキがしょっぱくなってしまうぞ」

「まあ、また嬉し泣きですか。私のハンカチでよかったら、どうぞ。まだ使っていませんから」

副団長さんも、ゼンも、エリザさんも、今度は私が悲しくて泣いているのではないとわかっているから、微笑んでくれている。

「とっても美味しいから、大丈夫です。今までで一番、美味しいケーキかもしれません」

久しぶりに食べるマーブルチーズケーキは、涙の味がしたけれどとても甘くて、優しい味がした。

第六章　これって親愛？　それとも……

「ジゼルよ、今日はどうだ？」

「あ、そうですね。今日は特に急ぎの書類がないので、お伺いしますと伝えてくれますか？」

騎士団にお菓子を届けるようになって一〇日あまり、随分この生活にも慣れてきた。

そして私は時々自分で副団長さんのところにお菓子を運んでいる。

チーズケーキを持っていったあの日、もしよければ……と副団長さんが提案してくれたのだ。

毎日とはいかないのでゼンに配達をお願いすることの方が多いのだが、副団長さんが執務室で休憩を取れそうな日は、こうして昼前にゼンが都合を聞きに来てくれて、私も忙しくなければゼンと一緒に訪問することにしている。

ちなみに提案を受けた時に、そういえばリーンお兄様のＧＰＳが！　と思い出し焦ったのだが、なんとゼンが対応措置を取ってくれていた。

どうやらお兄様の魔法は私の気配を探るものらしく、その気配をゼンが魔法で作り出して屋敷内に留《とど》めてくれたようだ。

そして私自身には、気配を消す魔法をかけたと。

そういえば部屋を出る前にゼンがなにかやっていたなと思い出した。

気配を作り出してお兄様の魔法に対処するなんて、ゼンは相当力の強い精霊なのだなと感心したものだ。

こうしてお兄様に気取《けど》られることなく訪問することが可能となったわけだが……。

その問題が解決したとはいえ、副団長さんも忙しいでしょうから……と最初は訪問をお断りしようと思った。

しかしエリザさんが『副団長もシュタイン伯爵令嬢がいれば休憩を取るでしょうし、その方が効率がよくなるので』と耳打ちしてきた。

副団長の精神安定のためにもぜひ！　とゴリ押しされてしまったので、断れなかったというわけだ。

それに、ゼンからも話は聞けるが、会っている時の方が実際に食べてもらった時の表情も見ることができるし、感想も直接頂けるので私としてはありがたい。

今のところ三、四日に一回程度の頻度でお邪魔しているが、副団長さんやエリザさんに迷惑そうな様子は見られないし、それならばよいのかなとご厚意に甘えてしまっている。

そしてまずは女性騎士さんたちに私のお菓子を販売してみようという件についてだが、結果から言えば、大変好評である。

前世もそうだったが、やっぱり女性という生き物はスイーツ好きな人が多いらしい。今ではほぼ全女性騎士が毎日お菓子を予約注文してくれている。

初日こそ半数ほどだったが、四日目にはほぼ全員が予約してくれた。

前日に、明日はこんなお菓子を販売しますよ〜とお知らせをしておくので、苦手なものが入っていたりすると注文しない方もいるのだが、それでもほぼほぼ全員というのが驚きだ。

男性騎士から、女だけずるいぞ！　とクレームが湧いていると、前回執務室にお邪魔した時に副団長さんが苦笑いしていた。

そんなこんなで副団長さんのところにはもう三回もお邪魔させてもらっている。そして、そのおかげでエリザさんとは少し仲よくなれた。

話を聞けば、三人の弟さんがいるということで、しっかり者のお姉さんという雰囲気に納得がいった。

私の呼び方も、〝シュタイン伯爵令嬢〟から〝ジゼル様〟に変わった。

私もエリザさんのことを様づけで呼ぼうかと思ったのだが、自分は職務中だから仕方ないけれど、私からはさん呼びの方が親しみを感じるからと、エリザさん呼びの許可を頂けた。

そんなエリザさんは、今世で初めてできた友達、と言ってもいいのだろうか。とにかく、一緒にいて楽しい、そんな存在になっている。

「ジゼル、嬉しそうだな」

「はい、エリザさんにもお会いできるのが嬉しくて」

エリザさんとは、これからも仲よくしていけたらなと思う。

◆◆◆

「――とジゼルが言っていたぞ」

「なんでエリザ⁉　私は⁉」

今日は鳥姿のゼンは、ジゼルの訪問が可能だと執務室まで報告に来ていたのだが、その話を聞いたユリウスはダン！　と机を叩いて項垂れた。

「まあまあ副団長、女性とは同性同士のおしゃべりが好きですからね。それにジゼル様は今までご友人もいらっしゃらなかったみたいですから、仕方ありませんよ」

そう慰めながらも、どこか優越感に浸る表情をするエリザを、ユリウスはきっ！　と睨んだ。

「私の方が先に出会ったのに！」

「どちらが先か、ではなく、どちらが信頼を築いたか、でしょう」

ふふんと勝ち誇った顔をした部下に、ユリウスはなにも言い返せなかった。

「最初に彼女を見つけたのは私なのに……。いつの間にかゼンに先を越され、エリザにまで出し抜かれるなんて……」

しくしくと机に突っ伏す上官を目に、うわ、面倒くさいモードに入ってしまったとエリザは思った。

そしてゼンもまた、自分で報告しておいてなんだが余計なことを言ってしまったなと後悔した。

「くそ、ふてぶてしいゼンがジゼル嬢に気に入られるなんて予想外だった。エリザも猫を被っているだけで、中身はガサツで口も悪いのに」

「ほう、主は我のことをそんな風に思っていたのか」

「ガサツで悪かったですね」

そう言い返してもぶつぶつと恨み言を零すユリウスに、エリザとゼンはため息をついた。

「全く……好きなら好きで、もっとアプローチすればいいのに。ヘタレですね」

付き合っていられないとばかりにエリザがそう言い放てば、ユリウスは顔を上げて怪訝そうにエリザを見つめた。

「？　なにを言っているんだ、エリザ」

「えっ？」

「は？」

ユリウスの言葉に、エリザとゼンは面食らって気の抜けた声が出た。そして一拍おいて冷静になったエリザは、まさかという思いで恐る恐るユリウスに尋ねた。

「……だから、副団長はジゼル様のことが好きなのでしょう？」

「はぁ!?　なぜそんな話になる！　私はそんな邪な気持ちで彼女を見ていない！」

「よこしま」

ついエリザはそうオウム返しをしてしまった。

そして嘘だろう、とゼンとふたり驚愕《きょうがく》する。この男、自覚がない……？

「どう思いますか、ゼン様」

「うむ、主がこんなに馬鹿だとは思わなかった」

ぐるりと背を向けてこそこそと密談を始めた部下と使い魔に、ユリウスは首を傾げている。

「あんなにゼン様や私に嫉妬剝き出しにしておいて、あんなこと言えます？」

「むう……あの顔と地位に惹かれた女共にさんざん囲まれてはきたが、純愛とは無縁だったからな」

「ああ、来るもの拒まず去るもの追わずでしたもんね。……近頃はめっきりそんな話を聞かなくなりましたが」

ふたりはちらりと背後のユリウスを見た。

なおも不思議そうな顔をするユリウス、その瞳は嘘を言っているようにも、誤魔化そうとしているようにも見えなかった。

「……ジゼル様、振り回されそうですね」

「今からジゼルが不憫でならんな」

このままならふたりがどうにかなる可能性は低そうだが、無自覚なユリウスが暴走する可能性もある。

あの純真無垢《むく》なジゼルが相手をするのは、なかなか大変だろうな……とふたりはもう一度ため息をつくのだった。


「こんにちは、お邪魔します」

「ああ、いらっしゃい。お待ちしていましたよ」

その日のお昼過ぎ。私は予定通りお菓子を持って副団長さんの執務室を訪れていた。

ちなみにゼンの魔法できちんとＧＰＳの対策済みである。

「いらっしゃい、ジゼル様」

「エリザさん！　お会いできて嬉しいです」

笑顔で迎えてくれたエリザさんにほっこりした気持ちで挨拶をすると、なぜか副団長さんの方からぎりりと歯ぎしりのような音が聞こえた。

不思議に思って副団長さんの方を向いたのだが、変わらず紳士的な笑顔を浮かべていたので、気のせいだったのかなと思う。

「あ、あーっと、ジゼル様、今日はどんなお菓子を持ってきてくださったのですか？」

なぜか少し焦った様子のエリザさんに促され、私は人型のゼンから持ってもらっていた箱を受け取り、蓋を開けた。

今日はティラミスを作ってみた。

先日のチーズケーキが女性騎士さんに大変好評で、どうやらチーズ好きの方が多いらしいということがわかった。

それと甘いものが好きな方は多いが、甘いだけでなくほろ苦さを感じられるものも好きだという方も多い。

ゼンもマーブルチーズケーキの方が好みだと言っていたし、少し味に変化のあるものがいいのかなと思ったのだ。

そこで思いついたのがティラミス。エスプレッソの苦味があり、またとろける口当たりとマスカルポーネチーズのもったりとした濃厚な風味が感じられる、イタリア発祥の有名なスイーツだ。

「わぁ……グラスに入っていて、かわいいですね」

まずエリザさんはその見た目に目を輝かせた。

女性向けを意識して盛りつけたので、そう言ってもらえるとすごく嬉しい。

容器はガラス製の小さなグラス型のものだ。ティラミスといえば、ガラス容器よね。ただビスケットやエスプレッソ、マスカルポーネチーズのクリームを重ねるだけでなく、グラスの周りにはカットしたイチゴを敷き詰めた。

こうすると透明なグラスからイチゴのかわいらしい断面と色が見えて、ぐんとオシャレになる。

最後にココアパウダーを振りかけた後にも生クリームとミント、イチゴにブルーベリーを飾って、見た目も彩り鮮やかなティラミスに仕上げた。

「む、これは我の好きな組み合わせだな。ジゼル、いくつ食べてよいのだ？」

「そうですね、騎士さんたちの分を引いて七個余りますから……」

そこで執務室にいるメンバーを見渡す。

とりあえずここで休憩がてら副団長さん、エリザさん、ゼン、私でひとつずつ食べる。

となると、余りは三つ。

「なるほど、我とジゼル、エリザがふたつずつというわけだな」

「なんでそうなるんだよ！　主人を優先させろよ！」

副団長さんが素早くゼンに突っ込んだ。

「あ、ち、違います！　屋敷にもまだあるので私はひとつで結構ですよ。ここで四人で食べる分と、あとはみなさんのお土産分で合計七個です」

慌ててそう訂正すると副団長さんが目に見えて喜んだ。

「ジゼル、主を甘やかさなくてよいのだぞ」

「おまえはもう少し遠慮しろ！」

ゼンと副団長さんがわーわー！　と言い合いを始めてしまった。そしてエリザさんはそれを完全に無視してお茶の準備をしている。

……今更だけれど、この主従関係も不思議よね。使い魔とか精霊とか、私はあまり詳しくないけれど、副団長さんとゼンのような関係は珍しい気がする。

それに副団長さんの振る舞いとか言葉遣い、ゼンに対してと私に対してとでは全然違うのね。

そんなことを思い、お茶の準備を手伝いながらエリザさんに聞いてみることにした。

「あの、エリザさん。副団長さんはいつもあんな感じなのですか？　その、私の前ではわりと紳士的なのですが」

「え？　ああ、まあ、そうですね……。あれが地だと思います。でも他の騎士たちの前ではもっと厳しいですし、表情もあんなに崩……いえ、柔和ではありませんよ。ほら、〝青獅子〟なんて呼ばれているくらいですし、戦場ではまた一段と苛烈です」

表情が崩れていると言いかけたのが若干気にはなったけれど……。なんでもないことのようにエリザさんは笑いながら語っているが、今の副団長さんからはそんなイメージが持てない。

でも確かに、ロイドも副団長さんのことをかなりの剣の達人だと言っていたし、騎士団の副団長という地位にあるのだから、こんな風に気さくなだけではいけないのだろう。

「私の知らない顔が、たくさんあるのですね……」

それはそうだ、だって副団長さんとお会いしたのはまだ数えるほど。あの日副団長さんがシュタイン家を訪ねてきてくれなかったら、出会うことのなかった人だ。

なんだか遠い人のように思えてゼンと口喧嘩をする副団長さんに視線を送っていると、エリザさんが隣でくすっと笑った。

「ですが、騎士たちからすると今の副団長の方が嘘のようだと言うはずですよ」

「え……？」

「普段の訓練などでは厳しい方ですからね。まさか甘いものが好きで、ジゼル様のお菓子がないとダメ人間になってしまう、しかも使い魔のゼン様とこんな喧嘩をするような人だなんて、夢にも思わないでしょう」

まさかと思う発言も多少あったが、そうか、私が見ているこんな姿は普段彼の周りにいる人から見たらレアな姿なのかもしれない。

でも、そうだな。訓練中はどんな顔をするのだろう。

「ちょっと、見てみたいかも……」

「え？」

「あ、いえ、なんでもありません。お茶、運びますね」

私の呟きが聞かれていなかったことにほっとしつつ、慌ててカップをトレーにのせる。

私ったら馬鹿ね、シュタイン家とこの執務室くらいしか行けないのに、副団長さんのお仕事姿なんて見る機会があるはずないじゃない。

変な欲望を振り払い、お茶の入ったカップとティラミスを机の上に並べていく。

こうして素敵なティーセットと一緒に並べると、また一段と映える。前世ならお客様がスマホで写真を撮ってＳＮＳに上げてくれただろうか。

それにしても、前回まではこんなティーセットはなかった。簡素な白地のものを使っていたと記憶しているのだが、いつの間に？

はて？　と首を傾げていると、ああ！　とエリザさんが私の疑問に気づいて説明してくれた。

「ジゼル様が時々来訪してくれることが決まってから、副団長が取り寄せたのですよ。定期的にあなたが来るのに、きちんとしたものが必要だろうからって」

ふふっと笑いながらそんなことを言われ、反応に困ってしまった。

それは、素直にありがとうございますと言えばいいのか。それとも、私なんて今までのもので十分です！　と謙遜すればよかったのか。

「ジゼル様はどんな柄が好きだろうかって、かなり悩んでいましたよ」

……そんなことを言われたら、ますますなにも言えなくなってしまう。

顔が赤くなるのを自覚しながら、忙しいのに申し訳ないという気持ちと、ちょっとだけ嬉しいと思ってしまう気持ちとが入り交じる。

「お忙しいのですから、そんなに気を遣っていただかなくてもよかったのに……」

「まあ、確かにしばらく書類作業が捗《はかど》らなかったのは事実ですけどね……」

「ご、ごめんなさい！」

遠い目をしたエリザさんに、私は即座に頭を下げたのだった。

「すみません、ジゼル様が謝ることではありませんよ。ジゼル様はあれこれ考えずに、ただ厚意を受け止めてあげてください。そうしないと、副団長が報われませんから」

パチンとウィンクするエリザさんに、私はそうですねと苦笑いして頷く。

そっか、色々考えなくてもいいのか。素直に嬉しいって思えば。

「そうですよ。さて、副団長、ゼン様！　お茶が冷めてしまいますよー！」

エリザさんがお茶の用意ができたことを告げると、副団長さんとゼンは口喧嘩をやめて、いそいそとこちらに来てソファに座った。

「「いただきます」」

そして早速ティラミスのグラスを手に取り、スプーンですくってひと口。ん～～～っ！

と美味しさを噛みしめる顔をした。

「今日の菓子もうまい！　ほろ苦さも甘さも感じるし、とろける舌触りも素晴らしい。しっとりとしたビスケット生地もココアとクリームによく合う！」

今日も副団長さんのご感想がありがたい。相変わらず的確なコメントだ。

それにしても、幸せそうな顔をして頬張る姿からは、戦場を駆ける〝青獅子〟の姿が全く想像できない。

けれど、エリザさんが言う〝この姿が地〟というのが事実ならば、私はこれからもこの姿の彼と接していけばいいのかなとも思う。それだけ、副団長さんにほっとする時間を提供できているということでもあるのだから。

「今日もこの時間のために書類仕事を頑張った甲斐があるな」

しみじみとティラミスを味わう副団長さん、本当にお菓子が好きなんだなぁと思いつつ、それほどまでに私のお菓子を気に入ってくれていることが嬉しくもある。

でも、それがずっと疑問でもあった。

「あの……ところで、どうして副団長さんは、私のお菓子をそんなに気に入ってくれたのですか？　珍しいのはわかりますが、最初のマドレーヌは、そんなに見た目は従来のお菓子と変わらないものでしたし……」

聞いてもいいだろうかと一瞬迷ったが、思い切って問いかけてみた。

よく考えてみれば、リーンお兄様がマドレーヌを食べているところを見ただけで、なぜ奪ってしまうほど気になったのか。

「……それは」

思いもよらない質問だったのだろう、副団長さんは口ごもってしまった。

そんな副団長さんに、エリザさんとゼンもなにかあるのだろうかと様子を窺っている。

「……ええと、懐かしかったから、でしょうか。すみません、今言えるのはそれだけです。それにジゼル嬢が思い出してくれるのを待ちたい気持ちもありますし」

なぜか穏やかな表情をする副団長さんからは、よくわからない答えが返ってきた。

〝思い出してくれるのを待ちたい〟って、私、なにか忘れているのだろうか？

今の口ぶりだと、以前に会ったことがあるかのようだったけれど……。記憶を辿《たど》るが、さっぱり思い浮かばない。

それに〝懐かしい〟の意味もわからない。わからないことだらけで頭がこんがらがってきた。

まあそのうちなにか変化があるかもしれないし、ぽろっと思い出すかもしれない。

そう納得しようとしてはみたが、やっぱり気になる。

「私だけがなにも知らないなんて、なんだかちょっとズルいです」

むうっと頬を膨らませると、なぜか正面に座っていた副団長さんがソファに座ったままうずくまり、震え出した。

「ど、どうしました!?　まさか、ティラミスになにか不具合でも……」

「あぁ、ええと。ジゼル様、副団長は大丈夫です。そっとしておいてあげてください」

なにかを察したらしく、エリザさんが気にしなくていいと微笑んだ。

本当に大丈夫なのかしらと心配にはなったが、副団長さんからも気にしないでくれとか細い声が上がったので、とりあえずそのまま話を続けることにした。

「……でも、本当に気に入ってくださっているということはわかったので、それは嬉しいです。こうして時々お茶に誘ってくださることも。シュタイン家のみんな以外でちゃんと目を見てお話しできるのは、みなさんぐらいですから」

まだ多少緊張はするけれど、何度かお会いするうちに少しずつ話し方もぎこちなさがなくなってきた気がする。

忙しい中わざわざ時間を取らせてはいないだろうかという思いはもちろんあるが、私にとってはこの時間がとても心地よいものになってきているのは間違いない。

だから、これからも時々休憩をご一緒させてもらえると嬉しいと、ちょっぴり照れながら伝えると、急に席を立ったエリザさんから抱きしめられ、ゼンからは頭を撫でられた。

「ジゼル様、かわいいがすぎますよ！」

「本当にその辺の貴族の娘共に見習わせたいな」

突然の出来事にびっくりしたが、全く嫌ではない。

むしろ、家族以外からのこういうスキンシップには慣れていないけれど、なんだか胸がぽかぽかして温かい気持ちになる。

ここにいていいのだと言ってもらえているみたいで、思わず頬が緩む。

「ありがとうございます。みなさんと出会えてよかったです」

そう素直な気持ちを伝えると、さらにエリザさんの腕の力は強くなり、ゼンの頭を撫でるスピードが速くなった。ちょっと髪は乱れてしまったけれど、そんなことどうだっていいくらいに嬉しい。

ちなみに私たちがそんな感じで触れ合っている間、副団長さんはソファの背もたれに抱きついてなにやらぶつぶつ呟いていた。

今度はティラミスが美味しくて感極まってしまったのかしら？

副団長さんは感情の表現が大袈裟《おおげさ》な方なのね……と勝手に納得する私なのであった。


その日の夕食。

「ジゼル、最近どうだい？」

「えっ⁉　な、なにがですか？」

何気ないお父様からの問いかけに、私はびくりと肩を跳ねさせてしまった。

時々副団長さんのところにお邪魔していることは、お兄様たちにはもちろん、実はお父様にも話していない。

お父様には話してもよい気はするのだが……。今までなかなか話す機会がなかったため、まだ言えずにいる。

そんな私の胸中を知らないお父様は、うきうきと嬉しそうに続けた。

「聞いた話だと、君が作るお菓子、女性騎士たちに随分好評らしいじゃないか。謎のスイーツ職人が作る珍しいお菓子の数々、騎士たちだけでなくて王宮に勤める者たちからもちらほら食べてみたいとの声を聞くよ」

ねぇ？　とお父様がお兄様たちに話を振った。

「そうだな。男共から菓子についての話が出るたびに、俺は家に帰れば食べられるけどな！と心の中で優越感に浸っている」

それはどうなの？　と思わなくもないが、リーンお兄様が嬉しそうなので黙って聞くだけにしておいた。

「そうだね、魔術師団の女共もそんなことを言っているよ。僕の妹が作っているのだから、美味しいに決まっているだろうと思いながら聞いているけどね」

ジークお兄様もリーンお兄様と同じことをしていた。……お兄様たちは今日も通常運転だ。

ふうっと小さく息をついてもくもくと夕食を頬張りながら、今度こそお兄様たちにだけは絶対にバレないようにしたいわねと思うのだった。


「ジゼル、ちょっといいかい？」

食後、席を立ったところでお父様に呼び止められ、書斎へと誘われた。

ちらりとお兄様たちの様子を窺うと、特に私たちのことを気にする素振りもなく、それぞれに自室へと戻っていった。

丁度いい、副団長さんのところに通っていることをお伝えするいい機会だと思いながらついていくと、扉を閉めてソファに腰を下ろした途端、お父様にとてもいい笑顔をされた。

「それで、騎士団の副団長殿とは仲よくやっているのかい？　時々お会いしているのだろう？」

「な、なななぜそれを！」

今まさに伝えようと思っていたことを先に言われて、驚いてしまった。

別にやましいことなどないのだから、知っていたのですか？　くらいでよかったのに、驚きすぎて変な反応をしてしまった。

「おや、君のその反応、これは副団長殿に苦情を入れなくてはいけないかな？」

「な、なにもおかしなことはありません！　副団長さんはお忙しいのですから、煩わせるようなことはしないでください！」

冗談だよとお父様は笑うが、どこまで本気なのか、本心がよくわからない。

「まあ基本的には君のやりたいようにやればいいよ。今回はジークとリーンにも上手く隠せているみたいだしね。でも、本当に困った時はちゃんと相談すること。わかったね？」

「……はい。お伝えするのが遅くなって、申し訳ありません。なにかあれば、ちゃんとお話しします」

ぺこりと頭を下げると、安心したようににっこりとお父様は笑ってくれた。

昔からそうだったが、お父様はいつも私という個人の考えを尊重してくれる。

この世界、娘のことを政略結婚の便利な道具のように考えている貴族も少なくはないのに。

転生前の記憶があることで、幼い頃から上手く甘えられなかったことも多いけれど、この家に生まれてくることができて本当によかったと思う。

早くにお母様を亡くして、娘の私は病気に罹《かか》った後に豹変《ひょうへん》して。普通なら、かなり戸惑うはずだ。

でも、お父様はいつだって私のことを大切に思ってくれた。私の言葉をちゃんと聞いてくれて、どうしたいかを私に決めさせてくれた。

口下手で不愛想な私のことを、ちゃんと愛してくれた。

お父様の娘として転生することができて、本当によかった。

「お父様、ありがとうございます」

「うん？　いやいや、娘の楽しそうな顔を見ることができるのが嬉しいだけだからね。最近の君はとても生き生きしている」

そうかしら？　確かに最近思い切りお菓子作りができてとても充実しているが、無表情が常だからそういうことは周りの人に気づかれていないと思っていた。

そういえば、以前隠れて副団長さんにお菓子を作り始めた時も、お兄様たちに見抜かれたわね。

そんな私の小さな変化に気づいてくれるなんて、毎日一緒にいる家族だからかもしれない。

「私のやりたいようにやらせてくれる、お父様やお兄様たちのおかげです。いつもありがとうございます」

温かい気持ちになって、お父様に向かってもう一度お礼を言う。

「お礼なら、あの副団長殿に言うといいよ。きっかけをくれたのは彼だ。それに信頼できるいい人物だからね、安心して任せられる」

あら？　この口ぶり、お父様は副団長さんと知り合いなのだろうか。

でもそんな話は副団長さんからも聞いたことがないし……。

「ちょっと、ご縁があってね」

首を傾げる私に、お父様は悪戯《いたずら》な顔をして笑った。

なんだろう？　でもお父様がこう言うのだから、副団長さんのことを信用しても大丈夫なんだって、安心できる。

そうほっこりしていたのだが、急にお父様の表情が少し強張った。

「ああ、でも仕事のパートナーとしては任せられるけど、人生のパートナーとしては全然任せるつもりはないけどね！」

「な、なに言ってるんですか、お父様！」

冗談とわかっていても、顔が赤くなるのを止められない。

もう！　副団長さんとはそういう関係じゃないのに。……それに、あの副団長さんの隣に私なんかが立てるわけがない。

ずきっ。

そう考えると、なぜか胸が痛んだ。

そんな風に少しだけ俯いた私に気づかなかったお父様が、そういえばと口を開いた。

「ところでジークとリーンのパーティーでの菓子は考えているのかい？」

「……あ」

まずい、忘れていた。

「おやおや。騎士団の女性たちが双子から嫉妬されてしまうよ？　ちゃんとそちらの方も考えてあげなさいね」

そ、それは洒落《しゃれ》にならない。今までの彼らの行いを見るに、訓練ブーツの石ころだけでは済まないかも……！

　その時、あっと思い出した。

『誕生日といえばデコレーションケーキ。ひと口サイズのタルトやシュークリームなんかも素敵だ。ボンボン・ショコラもいいよね。オランジェットもオシャレだ』

　あの時考えていたお菓子。

　今なら、作っても大丈夫かもしれない。

「……大丈夫です。お兄様たちのためのお菓子、ちゃんと考えていたのでした」

　今世で作ることはないだろうと、一度は諦めていたお菓子たち。ずっと作りたいって、心の奥底では諦めきれなかったお菓子たち。

　お祝いの気持ちを込めて、精いっぱい作ろう。

　先ほどの暗い感情がさあっと払拭され、気持ちが上向いてきた。

「お父様、絶対美味しく作りますから、期待していてくださいね」

　今から作るのが楽しみになってきて、上手く笑えたかはわからないけれど、お父様の真似をして悪戯な顔をしたのだった。

「では失礼します。お父様、おやすみなさい」

話を終え自室へと戻るジゼルを見送り、アルベルトは書斎の扉を閉めた。

「うーん。それにしてもここ一、二カ月でジゼルは随分変わったね」

先ほどまで一緒に話していたジゼルの様子を思い出し、アルベルトはふっと息をついた。

今まで大切に育ててきた愛娘《まなむすめ》のジゼル。しかしその引っ込み思案で優しい性格と、主に顔の表情による感情表現のアンバランスさに、アルベルトはずっとジゼルのことを心配してきた。

母を亡くしたショックが大きかったのだろう、かなり心を乱した幼い日のジゼルは、タイミング悪く同時期に流行り病に罹ってしまった。

高熱でうなされ、涙まで流すジゼル。母の元へ旅立ってしまうのではと、屋敷中の者が心配した。

だが、なんとか峠を越え、ジゼルの熱は少しずつ引いていった。

しかしその代償かのように、ころころと変わっていた愛らしい表情が、ほとんど無と呼んでよいものになってしまった。

まるで人形のように、笑顔も泣き顔も失ってしまったのだ。

まさか感情まで壊れてしまったのでは……とアルベルトは心配したが、事態はそこまで悪くはなかった。

表には出ないが、接していれば言葉の端々から嬉しさや悲しさを感じていることはわかったし、僅かではあるが表情の変化があることにも少しずつ気づけるようになった。

以前のように無邪気に甘えてくることはなくなってしまったが、自分たち家族に愛情を持ってくれていることはわかる。

それに大切な命を取り留めることができたのだ、それだけで十分だと思うことにした。

実際、表情の変化に乏しいだけで、ジゼルがいい子であることに使用人たちもすぐに気付き、彼らもにこやかに世話をするようになった。

……どこで身につけたのか、まさか料理長が膝を折るほどの料理の腕前を持っているとは露ほども思わなかったが。

当時弱冠三歳だったジゼルに師事を乞う料理長の姿は、今思い出してもおかしなものだった。

ふふっとアルベルトは思い出し笑いをする。

「そんな娘が、もう一八か」

今まで自らの意志でほとんどシュタイン家から出ることなく暮らしてきたジゼル。そんな彼女が、ユリウスに出会い、自ら外の世界へと一歩踏み出すとは。

「まさか彼と出会うことになるなんてね。人の縁とは不思議なものだ」

もう彼は覚えてはいないだろう、幼い頃のあどけない姿が脳裏に浮かぶ。

「ま、そういう仲になることは許さないけどね。……今はまだ」

元々お菓子に関することだと表情が表に出やすい子ではあったが、あんな風に悪戯な顔をして笑えるようになったなんて。

一体誰の影響だろうねと、窓際に飾っていた写真立てを手に取って呟く。

そこに写る最愛の女性との間に生まれた、愛する娘の幸せとこれからを祈って、アルベルトは優しい微笑みを零すのだった。

騎士団にお菓子を届けるようになって、ひと月が経《た》った。

「お邪魔します。みなさんお仕事お疲れ様です」

今日も私は、副団長さんの執務室に注文のお菓子を届けに来ていた。

すっかりゼンの瞬間移動にも慣れてきて、ふらついたりはしなくなった。つまりそれだけ頻繁にここに来ているというわけで……。

未だにお邪魔になっていないだろうかと心配はあるのだが、そんなことはない！　と副団長さんに否定されているため、こうして定期的にお邪魔している。

きっと、引きこもりの私が少しでも外の世界に触れられるようにと、気を遣ってくれているのだろう。

確かに小さな一歩ではあるが、家族と使用人以外の人と接する機会は貴重だと思う。このままじゃ世間知らずもいいところだしね。

結婚……は無理でも、少しずつ手伝える仕事を増やして伯爵家の役に立てたらなとは思っているから、外の世界を知ることも大切だろう。

「いらっしゃい。今日も騎士たちが君のお菓子を首を長くして待っていますよ」

今日も笑顔で出迎えてくれる副団長さん、本当に心の広い方だと思う。

手を合わせて拝みたい気分になるが、さすがに大袈裟なので心の中で感謝するに留めておこう。

「こんにちは、ジゼル様。今日はどんなお菓子を持ってきてくださったんですか？」

「エリザさんも、お疲れ様です。今日はロールケーキを持ってきました。フルーツたっぷりなので、エリザさんにも気に入ってもらえると思います」

相変わらずエリザさんは今日も素敵だ。凜々しいのに気遣いに溢れているし、なによりこんな私に対してもとても優しい。

副団長さんの秘書的なお仕事もされているとのことだが、こんな有能な方が右腕としてついていてくれるのだ、副団長さんもさぞ頼りにしているのだろう。

副団長さんもエリザさんに対しては気を許している感じがするし、信頼し合っているのがわかる。そういう関係、とてもいいなと思う。

いつものようにカットしたケーキをお皿にのせてトレーで運ぼうとすると、お茶を出すエリザさんと副団長さんの姿が目に入った。

以前も思ったけれど、ふたりは本当にお似合いだわ。

一日の多くの時間を共に過ごしているのだろうし、お互いのことをよく知っているのだろう。

ふたりとも容姿端麗だし、改めて恋愛漫画にありそうなカップルねと思う。

でも、以前は素敵だなと思うだけだったのに、今日はなんとなく胸が痛い気がする。……体調が悪いのかしら？

「どうかしましたか、ジゼル嬢？」

はっと我に返ると、副団長さんが心配そうに私の顔を覗き込んでいた。

「あ、いえ。ぼーっとしてしまって、ごめんなさい」

眉を下げる副団長さんに、気を遣わせて申し訳ない気持ちになりながらケーキを並べていく。

「ただ、ちょっと副団長さんを見ていたら、変な気持ちになってしまって……」

なんでもないと言ってしまったら余計に心配をかけてしまいそうだったので、素直にそう答えると、なぜか副団長さんは真顔で固まってしまった。

しまった、変なことを言ってしまったかしらと、違うんです！　と続ける。

「その、なんだか胸がもやもやするというか、痛いというか……。あ、でも今はなんともないです！　治ったみたいなので、気にしないでください」

慌てて弁解したのだが、副団長さんは今度は手で顔を覆って俯いてしまった。

「無自覚、怖い」

「しっかりしろ、主」

ゼンが副団長さんの肩を叩いた。なぜか気の毒そうに。

そんな姿を首を傾げながら眺めていると、エリザさんがとりあえず頂きましょうと言ってくれた。そうだ、せっかく淹れてくださったお茶も冷めてしまうし、ここはあまり気にしないでお言葉に甘えて頂こう。

気を取り直した副団長さんも顔を上げ、ロールケーキを見つめると、ぱあっと表情が輝いた。

「これは……見事な断面だな！　あの〝ふるーつたると〟の時も思ったが、まるで宝石が散りばめられているようだ」

「うむ、食べずともわかる。間違いなくうまい」

「フルーツが綺麗にカットされていて見た目もかわいらしいですね！」

ゼンとエリザさんもきらきらとした表情をしてくれて、先ほどまでの胸のちくりとした痛みはどこかへ行ってしまった。

ロールケーキを褒めてもらえて嬉しい、今私の心の中にあるのはただそれだけだ。

「厚めにカットすると上手く切れて断面も綺麗になるんです。スポンジもふわふわの生地にしてみたので、どうぞ召し上がってみてください」

エリザさんがスポンジにフォークを入れると、ぱっと目を見開いた。

「わ、本当にふわふわです！」

「軽い食感で、クリームとフルーツの相性も抜群ですね」

「このふわふわ、たまらんな」

副団長さんとゼンは早くも口に入れていた。よかった、みなさんの口にも合ったみたい。

「でもどうしたらこんなにふわふわになるんですか？　王宮の料理人が作るお菓子とこの生地、色も味も似ていますけど、全然違います」

もぐもぐと食べながらエリザさんが疑問を口にした。

「ええと、恐らく作る時に卵を全卵のまま入れて粉類と混ぜる方が多いと思うのですが、これは卵を卵白と卵黄に分けて混ぜているんです。卵白のみを空気を含ませながら泡立てると、ふわっふわのメレンゲができます。それがこのふわふわの秘密です」

意外にも興味があるのか、三人ともふんふんと頷きながら聞いている。

「これがなかなか重労働なんですけどね。一〇分以上ホイッパーを動かし続けないといけないので、まあまあ大変で腕も痛くなります」

もちろんこの世界にハンドミキサーなどない。つまり手動のみ。

前世の亡くなる前の私なら、そんな作業にも慣れていたのだが、今のこの姿でメレンゲを立てたのは今日が初めて。

一応引きこもりのか弱い令嬢ですからね、それなりに大変だった。

「そういえば副団長のお菓子をよくお願いしていた料理人に、『お菓子は混ぜる作業が多くて腕が痛くなるからなぁ』とよく渋られました。男性でも痛がるのに、ジゼル様のその細腕で、大丈夫なのですか……？」

エリザさんが心配そうに私を見ると、副団長さんとゼンも私の腕をじっと見つめた。

「あ、いえ。実は魔法を使ってちょっぴり楽をしているので……。私でもちょっと大変、くらいでできるので、大丈夫ですよ」

なんとなく恥ずかしくて腕を隠してそう答える。

魔法？　と副団長さんが興味を示したので、こちらも説明することにした。

「卵白を泡立てる際に必要なのは、先ほども言ったように〝空気を含むように〟混ぜることです。なので、魔法で生地に風を送り、かき混ぜる手にも風の力を借りて回転率を上げたんです」

ハンドミキサーほどではないが、これで随分時間の短縮になる。

「なるほど……。魔法をそのように使うとは、ジゼル嬢は多才だな」

感心したように副団長さんが褒めてくれた。いえ、多才というか、楽をするために思いついただけなのですが……。

褒められるほどのことではないのだけれどと、とりあえずそんなことありませんと答えておいた。

「魔法で熱を通したり、冷やしたりする者はいるが、料理で風を使う者は初めて見たな」

ふむとゼンも感心した様子だ。そ、それは言い換えれば私がズボラだということだろうか。

「ええと、引きこもりながらでも魔法はある程度学んできましたが、私の場合、料理くらいにしか使うことがなかったので」

身の回りのことや屋敷の管理は使用人たちがしてくれるので、そうそう魔法を使うことがない。

魔法をそれなりに使えはするのだが、普通に考えたら無駄遣い感はすごいよね。

「いえ、新しいことを考えられるということは、とても素晴らしいことだと思います。そんなに謙遜せず、褒められたら素直に受け止めてくだされればよいのですよ」

自然と俯きがちになっていた私に、副団長さんが優しく声をかけてくれた。や、優しい……。

胸にじーんとくるお言葉を頂けて、私は顔を上げた。

「……ありがとうございます。副団長さんの言葉はいつも温かくて、胸がいっぱいになります」

「ぐはっ！」

ちょっぴり涙目になりながらもお礼を言うと、なぜか副団長さんは漫画のように仰《の》け反って、その後ソファでうずくまってしまった。

「ど、どうしました？」

「ジゼル、そなたは座っていればよい。主ならそのうち落ち着く」

「そうですね。ジゼル様、なにもしないのが一番です」

慌てて立ち上がろうとしたのだが、ゼンとエリザさんに止められてしまった。

本当に大丈夫なのだろうかと思ったのだが、ふたりが大丈夫だと揃って言うので、仕方なく上げかけた腰を下ろす。この前もこんなことがあったような。

「涙目での微笑み、のちあの台詞とは……ジゼル様は才能がおありですね」

「主ではないが、無自覚とは本当に怖ろしいな」

ため息をつくふたりの呟きの内容はよくわからなかったが、向かい側で副団長さんが「誤解するな、これは罠だ」ともっとよくわからないことをぶつぶつ言っていたのに、私はまた首を傾げたのだった。

「それでは、私はそろそろ失礼しますね」

副団長さんが落ち着きを取り戻した頃、時計を見て私はそう切り出した。

この時間はとても楽しいけれど、長居してお仕事の邪魔をしてはいけない。

カップとお皿を片付けていると、ふとお父様の姿が思い浮かんだ。

「そういえば、副団長さんはうちの父と面識がおありですか？」

「シュタイン伯爵と？　……いや、王宮《ここ》で関わることはないが」

そうか、親しいわけではないのか。まあ単純に王宮での副団長さんの評判から、信頼できると言ったのかもしれないわよね。

「そうでしたか。いずれ父をご紹介する機会があると嬉しいです。家族の欲目かもしれませんが、父はとても優しくて頼りになる人間なので、きっと副団長さんとも親しくなれると思います」

この前はあんなことを言っていたが、副団長さんのことは高く評価しているみたいだし、ふたりとも穏やかな性格の持ち主だ。

きっと気が合うだろうと何気なく言ったのだが、また副団長さんはぴしりと固まった。

「落ち着け主。そういう意味ではない」

「恋人として父に紹介したいとか、ジゼル様はそういう意味で言っていません。戻ってきてください」

なにやらゼンとエリザさんが副団長さんにぼそぼそと話しかけているが、私にはよく聞こえない。そうしている時に、執務室の扉の外から声をかけられた。

「副団長、入室の許可を頂けますか？」

どうやらお仕事のようだ。他の方に姿を見られるわけにはいかないので、焦ってみなさんに声をかける。

「すみません、片付けが中途半端になってしまいましたが、これで失礼させてください。ゼン、お願いします」

「ああ、気にしないで。明日もよろしくお願いします」

構わないよと、なぜか少しやつれた顔で微笑む副団長さんとエリザさんにお礼を言って、ゼンの腕に手をかける。

そうして私は、急ぎ副団長さんの執務室を後にしたのだった。

その後の執務室での出来事を知らずに。

◆

ジゼルがゼンと共に姿を消すと、ユリウスはぽつりと零した。

「ゼンはああしていつもジゼル嬢に触れてもらえるのだな」

邪な感情など持っていないと言った口で、一体なにを言っているんだこの男はと、エリザがため息をつく。

ジゼルがユリウスにとって、ただお菓子を作ってくれる人であり、庇護《ひご》欲をくすぐられるだけの人だと、その気持ちが親愛だとでも思っているのかと言ってやりたくなった。

しかし今はのんびりそんな話をしている時ではない。

「そんなことより、外で騎士が待っていますよ。どうぞ、入ってください」

きっと扉の外で待ちぼうけをくらって戸惑っているだろう騎士に、入室を促す。

すると遠慮がちに扉が開かれ、ユリウスの姿を見て騎士はほっと息をついた。

ユリウスはというと、いつの間にか執務机に座っており、しかも先ほどまでの情けない顔はもうどこかへ行き、騎士対応用の厳しい表情へと変わっていた。

「よかった、いらっしゃったのですね。……あれ?」

「どうかしたか?」

騎士の様子に、ユリウスが厳しい表情で訝しげに問いかける。相変わらず見事な切り替えねとエリザは感心する。

そんなユリウスの反応に、騎士はびくりと肩を跳ねさせ慌てて答えた。

「いっ、いえ。エリザ殿ではない女性の声がしたので、お客様がいらっしゃったのかと。その、カップも机に置いたままですし」

くそ、無駄にいい耳と勘をしているなとユリウスは内心で舌打ちをする。

「忘れろ」

「はい？」

「いいから忘れろ。それからさっさと本題に移れ。職務中に無駄口を叩くな」

「はっ、はい！　失礼いたしました！」

青獅子の名に相応《ふさわ》しい威圧感を醸し出すユリウスに、騎士はびびった。

そしてそんな騎士にエリザは同情した。

（でも、ジゼル様の声を聞かれてしまったのは迂闊《うかつ》だったわね。ジゼル様が菓子の作り手だとバレないように、手を打たないと……）

すかさずそう算段するエリザは、間違いなく有能なユリウスの秘書である。

しかしこの出来事がちょっとした噂となり王宮内を駆け巡ることになることを、ジゼルやユリウスたちはまだ知らないのであった。

第七章　芽生えた想《おも》いは

　その日も私は午前中にお菓子作りを、そして午後からは家の書類仕事の手伝いをして過ごしていた。

　副団長さんたちは午前中から近くの森へと魔物討伐に出ているとのことなので、今日のお菓子は討伐時でも食べやすい、ひと口サイズのクッキーにしてゼンに託した。

　クッキーは簡単に大量生産できるし作る時間もそれほどかからないので、今日は家でもくもくと仕事をこなしている。

　その書類仕事も、今日は急ぎのものはないし、量もそれほど多くない。ということで夕方は、久しぶりにザックさんの手伝いをしに行くことにした。

　庭園へと向かうと、色とりどりの花々は今日も綺麗に咲き誇っている。

　ザックさんは本当に植物のお世話が上手だなぁと感心してしまう。菜園の野菜たちも立派に育っているし、ザックさん様々だ。

「お嬢様、今日は暇なんですかい？」

　声をかけられればぱっと振り向くと、日焼けをして真っ黒になったザックさんが立っていた。

「ええ、今日は時間に余裕があって。最近なかなか手伝いに来られなくて、任せっきりになってしまってごめんなさい」

「いーんですすよ、時々こうして見に来てくれるだけで十分です。どうです？　野菜たち、元気に育っているでしょう？」

にぱっと笑うザックさんは、まるで向日葵《ひまわり》のようだなと思う。

「はい。ザックさんが一生懸命お世話してくださっているのだなと、ひと目でわかりました」

へへっと照れ笑いをするザックさんは感情の表現が上手だなと思う。

副団長さんも表情豊かだし、エリザさんだって。

笑顔を交わし合うことができるのって、素敵だよね……。

そんなことを考えながらじっとその顔を見つめていると、ザックさんが訝しげな表情をして近寄ってきた。

「お嬢様、またなーんか考え込んでます？」

「……そんなことないわ」

しまった、ザックさんは勘がいいのだった。

悟られないようにとふいっと顔を逸らすと、がしっと頬を摑まれてしまった。

「怪しい！　顔は無表情に近いけど、行動はわかりやすいんですよお嬢様は！」

「ひたひ《痛い》！　はなひてくらはい《放してください》！」

もうこのやり取り、何度目だろう。

私もいい加減学習しないなぁと思いながら必死に抵抗するが、ザックさんはびくともしない。

諦めて脱力すると、よしよしと手を放してくれた。

「それで？　今日はどんなくだらないことで悩んでるんです？」

くだらない話で確定なのか。

それもどうなのだろうと思いつつも、これ以上ザックさんを誤魔化せる気がしないため、渋々口を開く。

ふたりで水やりをしながら、ぼんやりとではあるが今の気持ちを話してみた。

「なるほどねぇ、感情豊かな人間が羨ましくなったんですか」

「羨ましいというか……。随分言葉では伝えられるようにはなったと思うのですが、言葉だけでなく、表情でも相手と気持ちを通わせることができるのっていいなと思うことがあって。最近たまにですけど、ちゃんと笑えている時がある気がしているんです。このまま頑張れば、少しずつ表情豊かになれるかなぁと思いまして」

言葉だけの嬉しいよりも、笑顔を伴っての嬉しい！　の方が、やっぱり伝わると思うのだ。

それに私の場合、言葉でだって、相手からどうしたの？　と気遣ってもらってやっと話し出せるようになった程度だし。

「そうすれば、もっと上手に人と関われる気がして。私ばかりが嬉しい気持ちをもらうんじゃなくて、私からももっと伝えたいなって思うようになったんです」

とにかく、人より数倍も自分の気持ちや考えを伝えることが下手なのだ。表情でも、言葉でも、伝えられるようになりたい。

「ふーん、なるほど。お嬢様、変わりましたね」

「え？」

予想外の言葉が返ってきて、思わず聞き返してしまった。

「少し前はさ、無表情なのは仕方ない、シュタイン家の人以外にどう思われても構わないって感じだったのに。どうしたんですか、最近外に出て誰かに出会ったりしました？」

「い、いえ。外出はしていませんけど……」

ザックさんはやはり鋭い。

しどろもどろになって答えるが、ゼンの瞬間移動のことは秘密なので仕方がない。

「まあお嬢様が外出したなんて話、聞いたことないしそれはないか。もしそんなことになったら屋敷中が大騒ぎになるもんな。じゃああれですか？　俺は見たことないですけど、例の新しい仕事の関係者だっていう、赤い髪の男ですか？」

赤い髪の男、恐らくゼンのことだろう。

確かにゼンが運び役をしていることはお兄様たちも知っているし、内容こそ秘密にしているが、私が新しく仕事を始めたことは使用人たちにもなんとなく伝えているため、ひょっとしたら目にしたことのある人もいるのかもしれない。

なんと答えてよいものかと言いあぐねていると、ザックさんは別のことを聞いてきた。

「なら質問です。変わりたいと思ったのは、誰の影響ですか？」

誰の影響……。

その時思い浮かんだのは、穏やかに微笑む副団長さんの姿。

「はい、その人ですね。今思い浮かんだ人のことが好きなんですよお嬢様は。きっと」

「す、き……？」

自分には一生縁のない言葉だと思っていた単語が出てきて、思わずオウム返ししてしまった。

すき、好き？

私が？　誰を？　……副団長さんを？

「好き……かどうかは、わかりません。ただ、いい人だなぁって思うだけで。その周りの方も、とてもいい方ばかりなんです。みなさんにすごくよくしていただいているのに、自分がこんな感じでいるのがなんとなく嫌というか。引きこもりだし、かわいらしく笑えもしないし。……上手く言えないのですが」

「あーまだ芽生えたばっかかってやつね。めばえちゃんなんですねお嬢様は」

めばえちゃん？

ザックさんの言っていることがよくわからなくて、戸惑ってしまう。そんな私とは裏腹に、なにもかもわかったような風にザックさんはうんうん頷いている。

「お嬢様はすごいですよね、その人に近づきたいって、変わりたいと思えるんですから」

急に話が戻った？　もう話の流れがよくわからなくなってしまった。

わけがわからなすぎて眉間の皺が深くなってしまった私に、ザックさんが苦笑いする。

「んー。お嬢様って、自己評価は低いけど、卑屈にはならないっていうか。自分なんてっては言うけど、そこで諦めないのはすげえなって思いますよ」

そう言うと、私の頭をザックさんがぽんぽんと優しく叩いた。

「謙遜はお嬢様のよいところでもありますが、努力家なのも素晴らしい長所だと思います」

まるでその成長を優しく見守るようなザックさんの言葉が、すっと胸の中に入ってくる。

「大切な人のために努力できる人ってのは、意外と少ないもんですよ。ありのままの自分を受け入れてほしいっていうのは、一見綺麗な言葉ですけど、変わる努力をしないっていう風にも聞こえるというか」

変わる努力。

確かに、誰かのために変わりたいっていう気持ちは、素敵なものかもしれない。だって今私が感じている、変わりたいっていうこの気持ちは、少しくすぐったくはあるけれど、とても大切なものだと思うから。

「……そうかもしれないですね。私も、努力できる人になれるかしら？」

「だからもうなってますって！　俺の話聞いてました？」

ザックさんは、はっはっは！　と豪快に笑いながら今度はガシガシとちょっと乱暴に私を撫でた。

いつもの撫で方。ちょっぴり痛いけど、その手は温かい。

「やっぱりザックさんて、おとう……」

「だから〝お兄ちゃん〟だって言ってんだろーが！」

〝お父さんみたい〟と言おうとしたら、思い切り遮られてしまった。

「痛っ！　だから、痛いんです、それ！」

そして頭を撫でてくれていたはずの手は、またぐりぐりと私の頭を押し潰す手になってしまった。

それでもその手の温かさからは私への愛情が伝わってきて。

結局私は、髪がぐちゃぐちゃになるのを甘んじて受け入れたのだった。

ザックさんにぐりぐりされた後、私は頭をさすりながら自室へと戻っていた。さすがにあれだけやられると、やっぱり痛い。

さて、夕食まではまだ少し時間がある。お父様やお兄様たちもそろそろ帰ってくる頃かしら。

残業とはほとんど縁のないうちの男たちは、だいたいいつも夕食までには帰ってくる。

さすがにリーンお兄様は討伐などに出ると多少遅くなることもあるが、終了次第誰よりも早く帰宅しているみたいねとエリザさんに聞いたことがある。

ジークお兄様なんて、激務と有名な魔術師団内でノー残業主義を公言しているらしい。

……うちのお兄様たち、大丈夫かしら。

「ジゼル！　ジゼル!!」

げんなりとしながら自室の扉のノブに手をかけると、うしろから呼び止められた。

リーンお兄様だ。今日は早く終わったのね。

おかえりなさいと伝えようとしたのだが、鬼気迫る勢いのお兄様に、何事？　と後ずさりする。

「ジゼル！　おまえ、副団長の執務室なんぞに行っていないよな!?」

「え……？」

!?　ば、バレた!?

「ええと、」

「落ち着けリーン。僕のＧＰＳには引っかかっていないから、大丈夫なはずだ。しかしあえて聞こうジゼル。あの男の部屋になど、連れ込まれていないよな!?」

リーンお兄様の迫力にたじろいでいると、そのうしろからジークお兄様まで現れた。

「いや実はねえ、騎士団副団長のユリウス・バルヒェット殿が執務室に女性を連れ込んでいるって噂があってね」

ははは と笑うお父様まで帰ってきたのだが、その目は全く笑っていない。

バレたらまずい。それは直感でわかる。ただ、上手く誤魔化せる気が全くしないんですけど……。

ひくりと頬を引きつらせ、私は三人と向かい合ったのだった。


その後、とりあえず三人を落ち着かせて談話室で話を聞くと、どうやらある騎士さんが副団長さんの執務室から知らない女性の声を聞いたという話を、仲のよい騎士にぽろりと零したらしいのだ。

そこに尾ヒレがついて、副団長さんが執務室で女性と密会している、最近の美味しいお菓子はその女性をもてなすために取り寄せており、女性騎士への販売はそのカモフラージュだという噂になっているのだそうだ。

執務室から聞こえたという知らない女性の声、それにはものすごく心当たりがある。あの時、部屋の外の騎士さんに聞かれていたのだ。

でも噂のほとんどは真実ではない。

「そんなの嘘に決まっているじゃありませんか」

噂なんて当てにならないものねと呆れた私はつい、そう言ってしまった。

「〝嘘に決まっている〟？　なぜ〝私ではありません〟ではないんだ？」

ジークお兄様がすかさず突っ込んできた。しまった、なんて答えよう。

「〝私ではないのはもちろんですが、副団長さんがそんなことするはずありません〟という意味じゃないかな？　ほら、ジゼルは大切な仕事仲間を信じているんだよ」

さすがお父様！

思わぬ援護に心強くなる。

どうやら事情を知っているお父様は、おそらく噂の女性は私のことで間違いないだろうが、不名誉な噂の的にされては困ると思っているらしい。お父様の愛情の深さに感謝だわ。

そしてジークお兄様も、まあそうだろうねと続けた。

「僕のGPSでジゼルの位置情報を把握しているけれど、ジゼルが彼の執務室に行った様子はないからね。まあ別の女だろうとは思っていたんだ」

ここでまさかGPSが役に立つとは……。思わぬものが助けになるものである。

「ふん、ジゼルでないのならどうでもよい話だな。副団長の恋愛事情になど全く興味ない」

それを聞いたリーンお兄様はすぐに興味をなくしたようで、ソファによりかかってお茶を飲み始めた。

よかった、なんとか収拾がつきそうだ。

内心でほっとしたのだが、それでも副団長さんが不名誉な噂を立てられていることに変わりはない。

お菓子の販売が女性と密会するためのカモフラージュだなんて、そんなこと絶対にないのに。

そもそもあの時、私が迂闊に声を出してしまったせいだし、責任を感じてしまう。

謝らないと……。でも、ご迷惑かしら。

また私の存在を知られてしまったら、それこそどんな噂が生まれるかわからない。

とすると、下手に接触しない方がいいのかも。

……けれど。会いたい。

そう思って、はっとした。

私、今なんて……。

「ん？　どうした、ジゼル」

黙ってしまった私のことを不思議に思ったのだろう、リーンお兄様が私の隣に座り直した。

「いえ、その。……お兄様、先ほど副団長さんの恋愛事情、とおっしゃいましたが、恋とはどんなものなのでしょう？　お菓子販売をカモフラージュにって、あの副団長さんに限ってとは思うのですが、恋に落ちるとそれほどのことをしてしまうものなのですか？」

珍しく色恋沙汰に興味を示した私に、隣にいたリーンお兄様は目を丸くした。私の発言が意外だったのだろう。

じっと答えを待つ私に、お兄様はたじろいだ。

「お、俺にはわからん。恋になど、落ちたことがないからな！」

なぜか自信満々に言うリーンお兄様に、なんとなく不憫な気持ちになってしまう。

「うーん。僕も経験ないけれど、恋とは人を愚かにしてしまうとよく聞くね。ジゼルにとってはいい人に見えた彼も、恋に落ちて愚かになってしまったのかもしれないよ？　もし本当にジゼルのお菓子を利用して、くだらない女と密会しているのであれば、僕がちゃんと始末してあげるからね？」

さらっと笑顔で怖いことを言うジークお兄様に、ぞわっと寒気がする。どうやら氷の魔力が漏れていたようで、お父様が止めてくれた。

「〝恋とはどんなものなのか〟か……。ジークの言うように、確かに恋に落ちて愚かな行いをしてしまう者は、残念ながら多いね」

やはりなとジークお兄様がなぜか偉そうに胸を張った。

「けれどねぇ……。恋を経験した者としては、悪いことだけじゃないと言いたいね」

誰かの面影を探すような表情をしたお父様の左手の薬指には、ひとつの指輪が光っている。そしてそれと対になっている指輪が、チェーンに通されてお父様の首にかかっていることを私は知っている。

「君たちの母とは、幼馴染だったんだ。幼い頃は会えるのが当たり前で。ずっと一緒にいられるものだと、幼い私は信じて疑わなかった」

懐かしそうに窓の外を見つめながら、お父様は話し始めた。

「一四歳で領地に戻って勉強することになって、二年間離れ離れになったんだ。たかが二年、されど二年だったよ。会いたくて、たまらなかった」

こんな話をしてくれるのは、初めてだ。お母様と幼馴染だということは知っていたけれど、ただなんとなく縁があって夫婦になったわけではなかったのね。

「恋焦がれているだけではいけないと思ってね、二年後に立派な男になって彼女を驚かせてやる！　と必死に勉強したよ。あの頃の私は若かったなぁ。彼女もまた、二年間で変わることをちっとも考えていなかったのだから」

そして、驚かされたのはお父様の方だったのだと言う。

「強く、優しく、美しく成長した彼女に、多くの男たちが婚約を申し込んだ。けれど彼女はそのどれもを袖にしてね。そんなところはジゼルに似ているね」

そう、なんだ。

お兄様たちの方がお母様似だと言われてきたので、お母様に似ているなんて言われると、ちょっと不思議な気持ちになる。

「それでも彼女は男たちに囲まれることが多くてね。私は嫉妬したよ。うちよりも高位の貴族たちが相手では、会話に割って入ることもままならないから、ひとりで胸を痛めたものだ」

異性と一緒にいる姿に胸を痛めた……。

なんだろう、どこかで似たことがあったような。

「笑顔を見ると嬉しくて。彼女の力になりたい、邪魔はしたくないと考えて。彼女に相応しい男になりたいと努力したよ。幼馴染だからじゃない、ひとりの男として私を見てほしかった」

お父様がふっと部屋の扉の方を見る。もういない、誰かの姿を探すように。

「恋とは、弱くも強くもなれるものだと、私は初めて知った。彼女が私の気持ちを受け入れてくれた後も、色んな感情を知ったよ。……そんな彼女を亡くした時はとても悲しかったけれど、君たちという宝物を遺《のこ》してくれたから、私は強くあろうと今も立つことができている」

お母様が遺してくれた笑顔、言葉、想《おも》い。

そのひとつひとつが、お父様を支えてくれているのだという。

「会いたいと思える人に、自分を磨いて近づきたいと思える人に出会えるといいね。そんな人との出会いは、一生のうちに何度もあることではないから」

会いたいと。近づきたいと、思える人――。

そうか。

「……私、恋をしたのですね」

ぽつりと落とした呟きが、自分の心の全てを表しているような気がした。

◆◆◆

「最悪だ……」

同時刻、森での討伐を終えたユリウスは執務室で頭を抱えながら座っていた。

「ジゼル様が菓子の作り手だとバレないようには根回しをしたつもりだったのですが……。まさかこんな内容で噂になるとは」

エリザも予想外でしたと眉を下げる。

ふたりの憂いの原因はもちろん、今ものすごい勢いで王宮内に広がっている噂についてである。

ユリウスが職場である執務室を個人的な面会に使用している。しかも最近始めた菓子販売まで、その密会のためのカモフラージュだという。

「人間とはなかなか面白いことを考えるのだな。だがまあ言い方は悪いが、ジゼルとの密会で間違ってはいないのではないか？」

ゼンの発言に、エリザは確かにと少しだけ思った。

「いや、ジゼル嬢が菓子の作り手だとバレていないならば、俺のことを他の奴らがなんと言おうと別にいいんだ。問題は別にある」

ユリウスは難しい顔をした。

ジゼルの立場からすると、今回の噂がよいものとは言えない。

もし執務室に通っている女性がジゼルだと知られたら？

菓子作りのことがバレなくても、彼女に対する不名誉な言葉を囁かれるようになるかもしれない。

噂だけがひとり歩きして、ジゼルの人となりを知らない者たちが、あることないこと言い出す可能性だってある。

（ただでさえ〝塩系令嬢〟などと勝手な名をつけられているのだ。ジゼル嬢が傷つく姿を見たくはない）

「……申し訳ありません。私の対応が不十分だったばかりに」

あの騎士にもっと圧力をかけて、あの日のことを完全に忘れさせるべきだっただろうか。

ユリウスの話を聞き、そこまで考えが至っていなかったエリザはぐっと唇を噛んだ。

「考えすぎなのではないか？　まあ慎重なジゼルのことだ、これからしばらくはここに来ることを控えるだろうし、噂が落ち着くまで会わずにいればよいではないか」

「それだ」

ゼンの言葉に、ユリウスは即座に切り返してきた。

「もうひとつの問題がそれなんだ。きっとジゼル嬢は迷惑をかけられないと言ってそうするだろう」

「？　主、それのどこが問題なのだ？」

よくわからんと首をひねる鳥姿のゼンに、ユリウスはくわっと目を見開いた。

「俺が！　俺だけがジゼル嬢に会えなくなるだろうが!!」

はぁ？　とゼンとエリザは間抜けな声を上げた。

「おまえたちはいいさ。ゼンなどいつでもどこでもホイホイ移動できるし、エリザも俺のいないところでゼンに協力してもらえばよい。だが俺は！　こんな状況で、ジゼル嬢のような麗しい女性と一緒にいるところを見られたら、噂の女性だとすぐに知られてしまうだろうが!!」

「まあ、確かに」

「そうだな。我はいつでもどこでもホイホイ移動してジゼルに会えるからどうでもよい」

うんうんと頷くふたりを、ユリウスは恨めしい目をして睨みつける。

「それに考えてもみろ！　あのジゼル嬢のことだ。ひょっとしたら噂の女性とやらが自分のことでなく、他のどこかの女だと勘違いしているかもしれん！　俺は、自分の作ったお菓子をどこぞの女に貢いでいる男だと思われているのかもしれんのだぞ⁉　他の奴らからはどう思われても構わないが、ジゼル嬢にだけはそんな男だと思われたくない‼」

その発想はなかったと、黙って話を聞いていたふたりは思った。

そんな馬鹿なとも思ったが、確かにジゼルは自分の容姿や能力に無頓着なところがある。それに、ユリウスとはまだ知り合って間もない。信頼関係がそれほど強いかと言われると、そうでもない。

「……その可能性、ないこともないですね」

「そうだな。主よ、不憫だな」

「おまえたち、他人事《ひとごと》だと思って……！　俺が不憫だと思うなら、なにか案を出さんか！」

いつの間にか一人称が〝俺〟になるほど動揺しているユリウスのことがあまりに可哀想になってきて、ひとりと一羽はとりあえずこれからの対策を考えることにした。

「っていうか、ジゼル様にだけは誤解されたくないっていう時点で、もう完璧に落ちてい る気がするんですけど」

「気づいていないのは本人とジゼルだけだな。あんな男が主でよいのだろうかというのが最近の我の悩みだ」

再び頭を抱えてうずくまるユリウスのことを、エリザとゼンは残念なものを見る目で見つめるのであった――。

塩系令嬢は糖度高めな青獅子に溺愛される／了

書き下ろし　使い魔の本心

「あれ、こんなところに、精霊か？」

あの日の我は、森の中でひどい傷を負い、自己治癒に専念するために小鳥の姿になっていた。

時間はかかるが、このまま何事もなければ命は助かるだろう。しかし、もし見つかれば――。

そう恐怖を感じながら木の陰に身を潜めていたところに、その男は現れた。

狂ったように暴れまわる大型の魔物に襲われ、命からがら逃れてきた我を男はそっと抱き上げ、傷の具合を見てくれた。

「うわ、かなり深い傷だな。もしかして、さっき私たちが倒した魔物にやられたのか？　あいつ、かなり正気を失って暴れていたからな」

なんと、あの狂暴な魔物を倒したのか。意識は朦朧としているが、この男がかなり若いことはわかる。この若さで、相当の手練れということか。

「ああ、無理して動こうとするな。精霊に効くかはわからんが、向こうで手当てをしてやるからな」

油断していたとはいえ、不覚。そう顔を顰めつつも、この男に見つけてもらえたことに僅かながら安堵し、そこで我は意識を失った。

そうして我は、その男に命を救われた。そのことに恩を感じたわけではないが、男の持つ魔力が存外我にとって心地よいものであったこともあり、我は久方ぶりに人間と契約を結ぶことにしたのだった。

あれから、三年。

「ううう……ジゼル嬢、ジゼル嬢はまだ来ないのか……？」

「またそれですか？　お約束の時間まで、まだ小一時間あります。その間に、そこの書類の山ひとつくらいは減らせるはずですよ。だからほら、とっとと手を動かしてください」

あの時契約を結んだ主は今、部下にせっつかれながら執務机で書類仕事をしている。……泣きじゃくりながら。

なかなか減らない書類の山に、痺れを切らした主がダン！　と机を叩いて立ち上がった。

「だいたいこれは団長の仕事だろうが！　なんで私が！」

「仕方ないでしょう。団長の補佐が副団長の仕事です。書類仕事がからきしな団長の尻ぬぐい、すなわちあなたの仕事です」

そう言い切るエリザに、主がムカー！　と絶叫する。

「うう……、もう私は駄目だ。ジゼル嬢の作った菓子を、ジゼル嬢と一緒に食べないと、もうなにも考えられない……」

「これ以上仕事が滞る場合、そのお茶の時間自体が取れなくなりますよ？　ゼン様にお願いして、そうジゼル様にお伝えしていただきましょうか？」

「おまえは鬼か！」

しくしくと顔を歪めながら大人しく座り、再び手を動かす主。

我は最近、契約する相手を見誤ったのではないだろうかと思っている。

三年前は、なんと限界の見えぬ才を持つ者よと思ったものだが、なぜこうなったのか。自然とため息が零れそうになる。

だが、主がこのような執着を見せる理由が、我にも少しだけわかる。

『ゼン、どうぞ、お召し上がりください』

表情こそ乏しいものの、耳障りのよい声で我に語りかける、その姿を思い浮かべる。

最近出会ったばかりの年若い娘、ジゼル。彼女の作る菓子は、世辞を抜きにしても非常に美味である。

それに加えて、その菓子から微かに感じる魔力の、なんと心地よいことか。

人間の女どもにまったく興味がない、むしろ敬遠している我だが、ジゼルと過ごす時間はなぜか嫌いではなかった。

あまり効率的でない人間の姿になってまで共に茶を楽しむのも、悪くないと思っている。

「主、さっさと済ませろ。でないと、我ひとりでジゼルの元で茶を楽しんでくるぞ？」

わざと人間の男に姿を変え、そう言い放つ。すると主は目に見えて顔色を変えた。

「そうはさせるかこのクソ鳥！　見ていろ、あと三〇分で片付けてやる！」

うおおおお！　と燃え上がる主の姿に満足したように、エリザがぱちぱちと拍手をした。

「お見事です、ゼン様」

「ふん、グダグダと愚痴を言われても、時間の無駄だからな。約束を反故にされては、せっせと菓子の準備をしているジゼルが気の毒だろう。それに、我への怒りをやる気に変えた方が、よほど効率がよいと思っただけだ」

鼻で笑い、ちらりと主を見る。ものすごい勢いで書類が片付けられている。まったく、人間とはおかしな生き物だ。

やれやれと呆れていると、エリザがくすりと笑った。

なぜ笑うのかと首を傾げると、エリザはなおも笑みを浮かべながら口を開いた。

「いえ、お優しいなと思いまして」

「優しい？　我がか？」

意味不明だと眉を顰める。主にすら、鬼だのクソ鳥だと言われているのに、なぜ。

「副団長のためもあるでしょうが、当然のようにジゼル様をお気遣いなさっているので。そうですよね、ジゼル様のお気持ちを考えたら、お茶の時間をなしに、などと軽々しく言ってはいけませんでした」

反省ですと眉を下げるエリザに、目を見開く。

「それに、ゼン様もお茶の時間を楽しみにしていらっしゃいますものね。副団長のあの様子なら、しっかりお時間取れそうです。ありがとうございました」

楽しみにしている？　我が？　ここでの茶の時間を？

なにを馬鹿なことを言っているのだと思ったが、否定する気持ちにもなれなかった。なぜなら、それがまったく見当違いなわけではなかったから。

「今日は特別に、ちょっといいお茶を淹れますね。ゼン様の好きな、軽い口当たりのものを」

そう言うとエリザは、にっこりとした微笑みを残し、主の執務机へと発破をかけにいった。そしてその様子を、我は黙って見つめていた。

「……ふん。我はただ、ジゼルの作る菓子が食べたいだけだ」

素直に認めるのも悔しい気がして、我は誰に聞かせるでもなく、そう呟いたのだった──。

あとがき

この度は『塩系令嬢』をお手に取っていただきまして、ありがとうございます。沙夜です。

「異世界恋愛を書きたい！」と意気込んで書き始めた本作、今巻では、ジゼルがようやく恋する気持ちを自覚したところで終わってしまいました。ユリウスにいたっては未だ無自覚……。エリザやゼンに呆れられております。（笑）

そんなふたりの恋の行方は⁉　次巻でまたお会いできると嬉しいです。

さて、本作の主人公のジゼルですが、どうせなら作者とはまったく違ったタイプのヒロインにしてみたいと思ってキャラ作りを行ったのですが……。慣れないことをするものではありませんでした、めちゃくちゃ悩みまくりました。（汗）

そう四苦八苦しながら書き上げた本作、大変ありがたいことに今回マッグガーデン様にお声がけいただき、こうして一冊の本にしていただけることになりました。

かなり苦しみながら書き上げた話だったので、ジゼルの持つ心の美しさや素直さ、愛らしさを上手く表現できなかったな……と思っていたのですが、今回たくさんの方にお力添えいただいて、納得できるものに仕上がりました。

『不器用だけど芯が通っていて、心優しいジゼルの魅力をもっと引き出してあげたい』とおっしゃってくださった担当様方のおかげです。ありがとうございました。

そしてえく先生の美麗な絵に彩られ、素敵な一冊となりました。もうジゼルが美少女すぎて！　ユリウスの残念イケメンぶりがイメージ通りで！（笑）　毎回データをいただけるのが楽しみで仕方がありませんでした。本当にありがとうございました。

そして最後になりましたが、ここまで読んでくださった読者の皆様に、最大級の感謝を。本当にありがとうございました。

次巻でまたお会いできることを願っております。どうぞよろしくお願いします。

沙夜

MAG Garden NOVELS

塩系令嬢は糖度高めな青獅子に溺愛される

発行日　2025年2月25日 初版発行

著者 沙夜　イラスト えく

発行人　保坂嘉弘
発行所　株式会社マッグガーデン
〒102-8019 東京都千代田区五番町6-2
〒102-8019 ホーマットホライゾンビル5F
編集 TEL：03-3515-3872　FAX：03-3262-5557
営業 TEL：03-3515-3871　FAX：03-3262-3436
印刷所　株式会社広済堂ネクスト
担当編集　小林亜美（シュガーフォックス）
装　幀　早坂英莉＋ベイブリッジ・スタジオ、矢部政人

ISBN978-4-8000-1550-1 C0093　Printed in Japan

著者へのファンレター・感想等は〒102-8019（株）マッグガーデン気付
「沙夜先生」係、「えく先生」係までお送りください。